A.C. RIVERA

Jake Jones und das Grabmal des Pharaos

Copyright © 2023 by A.C. Rivera

All rights reserved. No part of this publication may be reproduced, stored or transmitted in any form or by any means, electronic, mechanical, photocopying, recording, scanning, or otherwise without written permission from the publisher. It is illegal to copy this book, post it to a website, or distribute it by any other means without permission.

This novel is entirely a work of fiction. The names, characters and incidents portrayed in it are the work of the author's imagination. Any resemblance to actual persons, living or dead, events or localities is entirely coincidental.

A.C. Rivera asserts the moral right to be identified as the author of this work.

First edition

This book was professionally typeset on Reedsy.
Find out more at reedsy.com

Contents

Prolog Teil 1: Tutmos

Das Tal der Könige, Altes Ägypten 800 v. Chr:

Tutmos atmete tief durch und nahm einen großen Schluck kühles Wasser aus seiner Feldflasche, als er sich von der Arbeit unter der heißen ägyptischen Sonne erholte. Die Hitze war fast unerträglich, während der Wüstenwind über die Sanddünen zerrte, und die kleine Gruppe von Männern, die im Schatten der großen Pyramide schuftete, setzte ihre Arbeit fort. Die Männer waren schon seit dem frühen Morgen dort, arbeiteten noch vor Sonnenaufgang und gruben sich immer tiefer in die Fundamente der Pyramide.

Seit vielen Jahren suchten sie vergeblich nach dem Grab des großen Pharaos, das der Legende nach von seinem Volk nach seinem Tod versteckt worden war, damit niemand die Schätze darin stehlen konnte. Es schien eine unmögliche Aufgabe zu sein; die Baumeister, die die Pyramiden vor Jahrhunderten erbaut hatten, hatten keine Hinweise oder Zeichen hinterlassen, wo die Grabkammern lagen. Außerdem hatte der Pharao nach dem Bau der Pyramide und der Grabkammern angeordnet, dass alle beteiligten Männer hingerichtet und in der Grabkammer begraben werden sollten. Damit war sichergestellt, dass das Wissen für alle Ewigkeit ein Geheimnis blieb, und anders als bei den meisten Gräbern konnten die Erbauer ihre Geheimnisse nicht weitergeben und die Grabkammern nicht plündern reichtum im inneren.

Tutmos wusste dies, aber er wusste auch, dass ihre Arbeit nie vollendet werden würde, wenn sie nicht das Grab des Pharaos finden würden, der das alte Ägypten während seiner größten Periode in der Geschichte regiert hatte. Der Pharao Sneferu wurde "der große Pyramidenbauer" genannt und galt als unglaublich intelligent, gerissen und, wie viele vermuteten, auch als beeindruckender Zauberer. Wenn sie erfolgreich waren, wusste Tutmos, dass die Schätze darin unbezahlbar sein würden. Vor allem aber wollte er allen, die es hören wollten, beweisen, dass dieser Pharao nur ein gewöhnlicher Herrscher war, nur ein Mensch, kein allmächtiger Zauberer, der sich mit den Göttern verschworen hatte. Wie sein Vater, der jahrelang erfolglos versucht hatte, das Grab zu finden, war auch Tutmos entschlossen, den Pharao und seine Schätze zu finden.

Er drehte sich zu einem der anderen Männer, seinem Freund Asim, um, der neben ihm arbeitete.

"Warum, glauben Sie, hat noch niemand den Eingang gefunden?", fragte er.

Asim lächelte ihn an, während er sich mit dem Handrücken den Schweiß von der Stirn wischte. "Offensichtlich, weil wir an der falschen Stelle suchen", antwortete er lachend. "Wir haben versucht, in den Grundsteinen zu graben, obwohl wir unseren Kopf benutzen und darüber nachdenken sollten, wo wir noch nicht gesucht haben."

Tutmos nickte." Ich weiß genau, was du meinst", sagte er. "Ich denke, wir müssen dem Verlauf der alten Mauern folgen und sehen, ob wir irgendwo eine Tür finden, die sich darin verbirgt und die man aufbrechen kann." Er hielt einen Moment inne, bevor er fortfuhr. "Und ich bin sicher, dass wir, wenn wir sie endlich finden, mehr als nur einen Eingang zum Grab finden werden.

Er schaute sich um und erwartete, dass die anderen, die ebenfalls eine Pause eingelegt hatten, mit ihm nickten, aber stattdessen starrten sie ihn mit amüsierten Gesichtern an. "Was?", sagte er abwehrend. "Seid ihr nicht glücklich mit meiner Idee?" Die Männer lachten laut auf.

"Nein! Nein, wir sind nur überrascht. Du hast einen so guten Kopf, dass wir nie gedacht hätten, dass du auf so eine Idee kommen würdest."

Tutmos lächelte und lachte über ihre gutmütigen Späße. "Ich werde nicht jünger und wir müssen einen Pharao finden", sagte er und wandte sich um, um den langen Weg zurück zu ihrem versteckten Lager anzutreten, um mehr seiner Werkzeuge und ihre Essensrationen zu holen.

***

Tutmos und seine Männer kletterten die Sanddünen hinauf und schoben sich an der Seite der Pyramide entlang. Die Nacht war längst hereingebrochen, und die Männer waren müde von ihrer Arbeit und den Schreien des Nachtlebens in der Wüste. Als Tutmos mit einer Fackel an der Pyramide entlang leuchtete, entdeckte er schließlich einen Grat in den Steinwänden, der wie eine Tür aussah.

"Das ist es. Nun denn, Männer, lasst uns unsere Bemühungen fortsetzen. Wir müssen diesen Eingang aufbrechen."

Während sie arbeiteten, hielt Tutmos ein wachsames Auge auf die Umgebung, da er befürchtete, jemand könnte sie entdecken. Ein plötzlicher Windstoß fegte über das Tal und ließ Tutmos rückwärts stolpern. Mit dem Wind kam das unangenehme Gefühl, beobachtet zu werden. Er stand auf, wirbelte herum und leuchtete mit seinem Licht im Kreis, um zu sehen, wer ihn beobachtete, aber es war niemand da.

Er schüttelte die Nervosität ab und ignorierte das warnende Kribbeln in seiner Wirbelsäule, als er sich umdrehte, um seine Männer zu beobachten, wie sie mit Handwerkzeugen auf die Grate einschlugen, um schließlich durchbrechen sie die Tür, die sie gefunden hatten.

Asim gesellte sich zu ihm und gönnte sich eine Pause von dem unerbittlichen Hämmern, mit dem die anderen beschäftigt waren. Er biss sich mit den Zähnen in die Wange, blickte Tutmos an und fragte: "Tutmos, beunruhigen dich nicht die Legenden über Pharao Sneferu? Wir beide sind mit Geschichten über seine Allianz mit dem Bösen und dem Gott Anubis aufgewachsen. Meine Großmutter hat auf ihr eigenes Leben geschworen, dass dies wahr ist und ließ mich als Kind versprechen, niemals mit deinem Vater nach ihm zu suchen."

Asim verhöhnend, antwortete Tutmos seinem langjährigen Freund knapp. "Verlierst du die Nerven wegen irgendwelcher Märchen, die dir deine Großmutter erzählt hat, Asim? Wir beide wissen, dass es in der Pyramide nur ein paar mumifizierte Leichen gibt, ein Labyrinth aus Tunneln und Fallen für uns und einen unermesslichen Schatz, der uns beide reicher machen wird, als wir es uns je hätten träumen lassen. Jetzt ist nicht die Zeit, um wegen eines Volksmärchens, das dir gerade eingefallen ist, die Nerven zu verlieren."

Bevor Asim antworten konnte, wandte Tutmos seine Aufmerksamkeit wieder dem Eingang zu, als der Boden zu zittern begann. Tutmos und seine Männer erstarrten, als große Risse in der Pyramidenwand und dem Eingang, den sie entdeckt hatten, auftauchten und der Sand sich um sie herum bewegte. Die Tür fiel mit einem donnernden Krachen vor ihnen weg und warf alle zu Boden, während große Teile der Pyramidenfassade um die Männer herum zu Boden stürzten. Das Geräusch von krachendem Stein hallte durch die Luft, gefolgt von einem leisen Grollen und dem Geräusch der sich bewegenden restlichen Steine. Die ganze Pyramide bebte, Staub stieg in den Himmel, bevor er sich auf den Männern niederließ, die von den herabfallenden Trümmern von den Füßen gerissen wurden.

Tutmos erhob sich aus den Trümmern und dem Staub. Seine Männer um ihn herum taten es ihm gleich und wischten sich die Sandwolken vom Leib. Sie alle standen schweigend da und warteten auf das, was als Nächstes geschehen würde. Langsam bewegten sie sich auf die Öffnung zu, durch die die Tür einst versiegelt worden war. Dort war nichts mehr zu sehen, nur leerer Raum, der sich in die Dunkelheit der Pyramide erstreckte. Als sie über den Rand spähten, erschraken sie bei diesem Anblick.

Unter ihnen erstreckte sich ein riesiger Abgrund, der tief in die Pyramide hineinführte, und während sie sich umsahen, begann eine heimtückische Brise aus der Kammer zu rauschen und winkte sie ins Innere.

Tutmos ging voran und betrat zögernd die Höhle. Er kniete nieder, um seine Fackel an eine der Fackeln zu halten, die noch brannten, nachdem sie zu Boden gefallen waren, und winkte den Männern im Schein der Fackel, sich hinter ihn zu stellen, als sie den Sockel der Pyramide und die bedrohlich dunkle Kammer betraten. Sie gingen mehrere Minuten lang in die Höhle hinein, die sie entdeckt hatten, und jeder Schritt fühlte sich schwerer an als der letzte, als die Müdigkeit und die Erkenntnis, was sie endlich erreicht hatten, einsetzten.

Die Höhle war ein grob behauener Tunnel, der durch die Kalksteinblöcke der Pyramide gegraben war und tief in ihr Innerstes führte. Er fühlte sich kilometerlang an, und gemeinsam krochen sie immer tiefer hinein. An einem Punkt ihres Abstiegs in den scheinbar endlosen Tunnel erreichten sie eine Kreuzung, die in drei Richtungen abzweigte: links, rechts und geradeaus. Tutmos traf eine schnelle Entscheidung und wies drei seiner Männer an, nach links und rechts zu gehen. So blieben nur er selbst, Asim und ein weiterer seiner Männer übrig, um geradeaus in den Tunnel zu gehen.

Er behielt die Wände um ihn herum im Auge. Er wusste, dass sie, sobald sie weit genug in den Schacht hineingegangen waren, auf Fallen stoßen würden, die von den Erbauern des Grabes entwickelt worden waren. Sie würden wachsam sein müssen, obwohl es wahrscheinlich war, dass diese Fallen im Laufe der Zeit längst erodiert sein würden.

Tutmos und seine Gruppe bogen um eine Kurve im Tunnel und befanden sich in einem Gang mit kleinen Öffnungen an den Seiten und ausgebrannten Fackeln an den Wänden. Asim untersuchte die Wände, während der dritte Mann vor Tutmos weiterging. Der Mann trat auf den Gang hinaus, als ein lautes Krachen aus dem Boden ertönte. Plötzlich fiel er durch den Boden und verschwand völlig, als ihn der Boden zu verschlucken schien. Der einzige Beweis für seine Anwesenheit war eine Staubwolke, die an der Decke über dem Loch aufstieg, und der Widerhall seiner Schreie.

Die beiden verbliebenen Männer eilten zu der Stelle, an der er gestanden hatte, aber es gab keine Spur von ihm, nur ein klaffendes Loch im Boden. Hinter ihnen ertönte ein lautes, knirschendes Geräusch, und die beiden sprangen zurück, als eine massive Steinplatte von der Decke herabstürzte, die ihnen die Flucht abschnitt und sie tiefer in die unbekannten Gefahren der Pyramide zwang.

Tutmos brauchte einen Moment, um sich zu sammeln, dann sah er zu Asim und sprach: "Nun, es scheint, wir haben keine andere Wahl, als von hier aus weiterzugehen, unser Fluchtweg ist weg. Lasst uns vorsichtig sein, ich fürchte, das war nicht die einzige Falle, die sie uns gestellt haben."

Sie gingen weiter und umgingen mit leichten Schritten die Stelle, an der der Mann durchgefallen und verschwunden war. Asim setzte seinen

Fuß auf einen Stein, der leicht vom Rest des Bodens abgesetzt zu sein schien, und er spannte sich an, als ein knirschendes Geräusch die Männer darauf aufmerksam machte, dass der Stein eine weitere Falle ausgelöst hatte. Speere mit glänzenden Eisenstacheln sprangen aus der Öffnung in den Wänden, die Tutmos zuvor beobachtet hatte. Die Speere bewegten sich rhythmisch und sprangen im Einklang mit tödlicher Präzision hin und her, so dass es für die Männer eine Herausforderung war, ihren tödlichen Widerhaken auszuweichen. Tutmos machte den Anfang, indem er seine Sprünge vorsichtig auf die wellenförmigen Lücken zwischen den Speerspitzen ausrichtete. Er sprang schnell zwischen den Wänden aus Speeren hindurch und hörte, wie Asim ihm folgte, der keuchend versuchte, mit Tutmos Schritt zu halten.

Tutmos erreichte die Sicherheit jenseits der Speere und atmete schwer. Das Adrenalin verflog, als er merkte, dass er das tödliche Hindernis umgangen hatte. Er wirbelte herum, als er einen plötzlichen Schmerzensschrei hörte, und drehte sich rechtzeitig um, um zu sehen, wie Asim stehen blieb, als er auf dem rauen Boden des Tunnels ausrutschte und die Speere seinen Oberschenkel aufspießten. Mit einem kurzen Schrei wurde Asim in die Öffnung der Wand gezogen, und die Speere hörten auf zu kreisen. Der Tunnel wurde still, als der Mechanismus, der die Bewegung der Speere antreibt, zum Stillstand kam, und alles, was man hören konnte, waren Tutmos' schweres Atmen und leises Schluchzen, als er den Verlust seines Freundes betrauerte.

Die Trauer von Tutmos wurde durch einen Schrei unterbrochen, der durch den Tunnel schallte von den Wänden und hallten in seinen Ohren wider. Tutmos ging schnell in die Hocke und begann mit wachsender Angst, zur Quelle der Schreie zu kriechen. Vor ihm tat sich eine große kreisförmige Höhle auf, in der er Gesänge hören konnte, die in dem riesigen Raum widerhallten. Er kroch auf den Raum zu und spähte von einem erhöhten Sims hinunter, wobei seine Fackel Schatten auf die Gesichter und Körper der Menschen in der Kammer warf.

Als er in die Kammer hinunterblickte, konnte er die Umrisse zweier mumifizierter Priester erkennen, die auf einem erhöhten Podest standen.

Jeder von ihnen hielt einen Stab, an dessen Spitze ein rotes Juwel hell leuchtete, umgeben von einer scheinbar goldenen Kugel. Unter ihnen standen acht weitere mumifizierte Priester in der Kammer und blickten in Richtung der Plattform und weg von Tutmos. Einer der Priester auf der erhöhten Plattform hob seine Arme und begann etwas zu singen, das sich nicht von den Gesängen der anderen unter ihm unterscheiden ließ. Langsam senkten die beiden Priester ihre Arme, bis sich ihre Hände berührten und einen Kreis aus Licht um sie herum bildeten, der sich dann nach oben ausdehnte, bis er sich über ihnen traf.

Unten auf der Plattform sah Tutmos die restlichen Männer seiner Gruppe, die in Stofftücher gewickelt waren. Die acht Priester bewegten sich gemeinsam um die Männer herum, banden sie und stachen ihnen ins Herz, während die Priester auf der Plattform darüber ihre Bewegungen fortsetzten. Bald lagen alle sechs Männer regungslos und leblos da, während ihre mumifizierten Körper durch den Raum bewegt und auf Sockel aus Steinplatten gelegt wurden. Diese Sockel waren um den Raum herum angeordnet, während in der Mitte ein weiterer, größerer Sockel mit Hieroglyphen und Goldschmiedekunst verziert war. Auf dem Sockel ruhte ein goldener Sarkophag, in dem der Pharao verborgen auf sein Leben nach dem Tod wartete

Mit wachsender Besorgnis beobachtete Tutmos, was unten geschah, und als er sein Gewicht nervös verlagerte, stieß er seine Fackel vom Sims auf den Boden der Kammer. Mit einem wütenden Zischen blickten die

Mumienpriester auf und sahen ihn. Tutmos wich zurück, als er unten Kreischen und das Knirschen von Knochen hörte, die an den Steinwänden knirschten. Ein Priester stürzte auf ihn zu, während er sich über den Sims zog und mit einem Juwelendolch in der Hand, schlug ihm den Knauf auf den Kopf und machte ihn vorübergehend benommen.

Tutmos spürte, wie er in die Kammer gezerrt wurde, während um ihn herum die Geräusche seiner Entführer zischend und kreischend widerhallten. Er spürte, wie fremde Hände seinen Körper mit Stoff umwickelten, und so sehr er sich auch bemühte, Tutmos konnte sich nicht wehren.

Kurz bevor der Priester den Dolch in sein Herz stieß, hörte Tutmos eine

Stimme von der Plattform sprechen. "Nimm dieses siebte Opfer an, Anubis, Gott des Todes. Wisse, dass drei weitere folgen werden, und das Abkommen, das du mit Sneferu geschlossen hast, wird eingehalten werden. Er wird zurückkehren und Ägypten erneut als dein Auserwählter auf Erden regieren."

Mit diesen Worten spürte Tutmos einen stechenden Schmerz, als die Klinge seine Brust durchbohrte, und dann war da nichts mehr, als er spürte, wie Anubis seine Seele annahm

Prolog Teil 2: Samuel

<u>**J**</u><u>erusalem, das Heilige Land 1200 n. Chr:</u>

Ein junger Mann saß allein an einem kleinen Tisch in einer lauten, schwach beleuchteten Taverne. Er war einfach in ein dunkelblaues Gewand gekleidet, und sein Haar hing in unordentlichen Locken locker über sein Gesicht. Seine Hände bewegten sich langsam über die Seite vor ihm und zeichneten die Worte nach, während er sie noch einmal las.

Sein Name war Samuel, und er war etwa fünfunddreißig Jahre zuvor geboren worden. Er hatte einen Großteil seines Lebens damit verbracht, die Welt zu bereisen und nach den alten Schriftrollen zu suchen, die die Geheimnisse der Vergangenheit enthielten. Alle paar Monate kehrte er nach Jerusalem zurück und besuchte die Höhlen, von denen man wusste, dass sie Schriftrollen aus der Zeit Jesu Christi enthielten. Aber jedes Mal, wenn er zurückkehrte, war er enttäuscht. Er fand nie die Schriftrollen, nach denen er suchte, und er fragte sich, wie das sein konnte. Sicherlich hätten sie schon längst entdeckt werden müssen.

Er blieb stehen und sah sich um, als Thalia, eine Frau, die er als Freundin bezeichnete, die Taverne betrat. Sie war wunderschön, und allein der Anflug ihres Lächelns war als sie den Barkeeper begrüßte. Sie sah ihn allein am Tisch sitzen und entschuldigte sich schnell, während sie zu ihm hinübereilte.

"Samuel", sagte sie leise und nahm ihm gegenüber Platz. "Es tut mir leid, dass ich Sie störe, aber ich wollte mit Ihnen sprechen.

"Natürlich, Thalia", antwortete er, noch immer in Gedanken versunken. "Womit kann ich Ihnen helfen?"

Sie zögerte, weil sie nicht wusste, wie sie anfangen sollte. "Ich glaube, ich habe das gefunden, wonach du all die Jahre gesucht hast."

"Wirklich?", fragte er und konnte seine Aufregung nicht verbergen, wobei sein Tonfall die Aufmerksamkeit der anderen in der Taverne auf sich zog, "Dann erzähl mir alles."

"Erinnert ihr euch an die Geschichte von Elia, die uns die Propheten erzählt haben, als wir Kinder waren?"

"Natürlich kenne ich es", sagte er und lachte. Mein Vater hat es mir jeden Abend vor dem Schlafengehen vorgelesen."

"Erinnerst du dich an die Stelle, wo Elia in die Höhle ging, um sich vor den Priestern zu verstecken und die mythischen Schriftrollen fand?"

Ja", antwortete er und lächelte. "Was hat das mit den Schriftrollen zu tun?"

"Nun, ich habe vor kurzem ein Gespräch zwischen einem kürzlich eingetroffenen Händler aus Kairo und dem Marktleiter mitbekommen. Der Händler sprach von großen Schriftrollen, die in einer Pyramide vergraben sind und vom Pharao selbst beschützt werden."

"Wo haben Sie das gehört?"

"Auf dem Marktplatz", antwortete sie. "Ich kam gerade vorbei, als sie sich unterhielten. Der Akzent des Mannes war sehr stark, und ich konnte nicht jedes Wort verstehen, das er sagte, aber ich konnte seine Stimme hören. Nach einer Weile wurde mir klar, dass er eine Geschichte wiederholte, die er von jemand anderem gehört hatte. Also begann ich, auf die Art und Weise, wie er sprach, zu achten, und verstand bald, dass er von derselben Sache gesprochen hatte. Als er den Namen des Pharaos erwähnte, wurde mir klar, dass es wahr sein musste. Ich bin sicher, dass er die Schriftrollen meinte, nach denen du gesucht hast.

Samuel lehnte sich begierig nach vorne: "Was hat er über die Schriftrollen gesagt?"

Thalia beugte sich ebenfalls vor und flüsterte verschwörerisch: "Der Mann sagte, dass im Tal der Könige in Ägypten eine Höhle am Fuße einer Pyramide gefunden wurde. In der Höhle wurde eine Schriftrolle gefunden, die auf einen größeren Schatz in der Pyramide selbst hinwies. Sie warnte auch, dass der Schatz geschützt sei und dass kein Sterblicher ihn bergen könne, da die

Toten ihn für alle Ewigkeit aufbewahren würden."

Thalia nahm einen Schluck Wasser aus Samuels Becher und fuhr fort: "In dieser Höhle fanden sie auch die Leichen von mindestens einem Dutzend Männern, die vom Sand der Zeit zerfressen waren. Es scheint, als hätten sie die Höhle gegraben, um einen Weg weiter in die Pyramide zu finden, als sie plötzlich alle starben. Man kann es nicht mit Sicherheit sagen, aber die Leichen schienen eines gewaltsamen Todes gestorben zu sein, was bedeutet, dass sie von jemandem… oder etwas angegriffen wurden."

Samuel saß einen Moment lang still da und verdaute die Informationen. "Ich muss sofort nach Ägypten reisen. Kannst du ein Pferd und eine Unterkunft für uns beide organisieren?", fragte er.

Thalia schüttelte den Kopf. "Das kann ich nicht, ihr müsst diese Reise allein antreten. Ich wünsche dir alles Gute, aber ich warne dich: Wenn die Geschichte wahr ist, bewacht etwas Gefährliches die Pyramide und die Schriftrollen. Vielleicht ist es das Beste, sie zu verlassen, denn nur Jahwe weiß, welchen Gefahren du auf deinem Weg begegnen wirst."

Samuel erhob sich von seinem Stuhl und umarmte sie. "Ich werde sicher sein", sagte er. "I versprechen."

Das Tal der Könige, Ägypten 1201 n. Chr:

Eine kleine Gruppe von Männern stieg aus ihrer Pferdekutsche und ging die staubige Straße entlang in Richtung des Grabkomplexes. Die Sonne brannte erbarmungslos auf sie herab. Sie blinzelten und schwitzten heftig, als sie den schmalen Weg zum Eingang der Gräber entlangkämpften.

"Wie weit ist es noch?" fragte einer der Männer. Sein Name war Moses, er trug einen grauen Bart, einen weißen Leinenschurz und Ledersandalen. Er war ein alter Mann mit einem Stock, auf den er sich beim Gehen stützen musste. Mit müden Augen schaute er sich nach seinen Begleitern um, die schweigend weitergingen. Sie waren schon seit Stunden unterwegs, auch Moses, der hartnäckig darauf bestanden hatte, nicht nur mit seinem Stock zu gehen, sondern auch seinen eigenen Rucksack zu tragen.

Samuel blickte von seiner Lektüre auf. "Jetzt ist es nicht mehr weit.

Apropos, ich glaube, an diesem Punkt müssen sich unsere Wege trennen, denn dein Ziel ist nicht das meine." Samuel sprang von seinem Pferd und umarmte Moses schnell, während er die anderen dankbar betrachtete. "Danke, dass du mich auf meiner Reise bis hierher begleitet hast; ich weiß nicht, ob ich die Wüste überlebt hätte, wenn du mich nicht gefunden hättest."

Er lächelte Samuel gutmütig an und erwiderte die Umarmung des Mannes, bevor er zurücktrat.

"Habt ihr immer noch die Absicht, die Schriftrollen des Pharaos zu suchen?"

"Ja, ich werde sie suchen", antwortete Samuel. "Auch wenn ich weiß, dass du nicht einverstanden bist."

Mose blickte ernst zurück und sagte: "Wenn das der Fall ist, werde ich dich nicht aufhalten. Aber nimm dich in Acht, viele haben versucht, sie zu finden und sind dabei gestorben. Riskiere nicht dein Leben für eine Legende. Ihr seid noch jung und habt in dieser Welt noch viel zu tun. Beende deine Reise nicht zu früh für einen törichten Schatz."

"Ich verstehe Ihre Besorgnis und ich werde auf mich aufpassen. Sie brauchen sich keine Sorgen zu machen." erwiderte Samuel leichthin und wies die Bedenken des alten Mannes zurück.

Samuel wandte sich von der Gruppe ab, bestieg sein Pferd und führte es von ihnen weg. Er nahm eine Karte zur Hand, fand das Tal der Könige und legte mit seinem Kompass den Kurs fest. Samuel ritt stundenlang auf seinem Pferd durch die Wüste und hielt unterwegs an einem Brunnen an, um sein Pferd zu tränken und sich auszuruhen.

Nach seiner kurzen Pause zog er weiter, während die Hitze in der Wüste weiter zunahm, und er blinzelte, um seine Augen vor dem grellen Sonnenlicht auf dem Sand vor ihm zu schützen. Schließlich erreichte er sein Ziel und band sein Pferd an einer nahe gelegenen Dattelpalme an, bevor er sich der Basis der Pyramide näherte. Seine Reise hatte den größten Teil des Tages in Anspruch genommen, und die Sonne ging auf den Sanddünen um die Pyramide herum schnell unter.

Samuel schlug die Vorsicht in den Wind und beschloss, nicht bis zum nächsten Morgen zu warten, sondern die Basis der Pyramide zu erkunden. Er zündete eine Taschenlampe an und stellte fest, dass der Sand den größten

Teil der Pyramide bedeckt hatte, ein Bereich jedoch noch gut freigelegt war. In diesem Bereich waren Spuren von Arbeiten und Ausgrabungen zu erkennen, und es war ein kleiner Spalt zwischen dem Sand und dem Stein der Pyramidenbasis sichtbar.

Samuel ging vorsichtig darum herum, bevor er seine Roben ablegte und nur seine einfache Kleidung und seine Tasche mitnahm. Er kroch langsam in das Loch. Nach ein paar Sekunden kam er in einem dunklen, offenen Raum wieder heraus und hörte schlurfende Geräusche um sich herum. Schlangen oder Skorpione?', dachte er bei sich. Er versuchte, seine aufsteigende Panik zu unterdrücken, und zündete seine Taschenlampe wieder an, die erloschen war, wodurch seine Umgebung erhellt wurde und große Schatten an die Wände sprangen als die Flamme flackerte.

Als er sich umsah, stellte er fest, dass er einen in die Pyramide selbst gehauenen Tunnel betreten hatte. Auf dem Boden des Eingangs waren uralte und primitive Werkzeuge aus Holz, Metall und Stein auf den Boden geworfen worden. Es war offensichtlich, dass hier schon vor Jahren jemand gewesen war, aber dem Staub auf dem Boden nach zu urteilen, schien die Pyramide seither nicht mehr gestört worden zu sein. Die Geräusche, die er vorhin gehört hatte, stammten von mehreren Skorpionen, die vor dem Licht seiner Fackel flohen und durch die Trümmer der Werkzeuge krochen. In Gedanken machte Samuel sich eine Notiz, die Skorpione zu meiden; ihr Stich konnte tödlich sein, wenn er nicht behandelt wurde.

Er zog sich weiter in den Raum hinein und bewegte sich langsam und stetig tiefer in die Pyramide hinein. In der Dunkelheit kam er an eine Gabelung des Tunnels. Als er beschloss, an der Gabelung nach rechts zu gehen, bemerkte Samuel schnell, dass der Weg um ihn herum schmaler und enger geworden war. Gegen die Klaustrophobie ankämpfend, ging er weiter und zwang sich, weiterzugehen.

Nachdem er sich durch den engen Raum gezogen hatte, gelangte er schließlich in einen geraden Tunnel, in dem er bemerkte, dass der Boden aus erhöhten Steinen bestand, die zwischen den ebenen Steinen lagen. In der Annahme, dass es sich bei den erhöhten Steinen um eine Falle handelte, griff Samuel in seine Tasche und holte einen Stein heraus, den er zuvor bei einem

Halt am Wüstenbrunnen aufgehoben hatte. Er schätzte die Entfernung ab und warf den Stein über den Boden, um einen der erhöhten Blöcke zu treffen. Zu seiner Erleichterung landete er auf einem der erhöhten Steine, was ein Scheppern verursachte, aber die Kammer blieb still und ruhig um ihn herum.

"Dann sind es eben aufgeworfene Steine", murmelte Samuel laut vor sich hin.

Er stützte sich ab und sprang über den Boden, wobei er auf den nächstgelegenen erhöhten Stein zielte und es schaffte, genau in der Mitte zu landen. Er sprang weiter den Korridor hinunter, wobei er darauf achtete, auf den erhöhten Steinen zu landen, auch wenn es ein paar Mal knapp wurde. Mit schnellen und systematischen Bewegungen erreichte Samuel die am Ende des Ganges mit nur noch einem Sprung, bevor er "sicheren" Boden erreichte. Mit einem letzten Sprung landete er auf dem sicheren Boden des Tunnels, doch seine Tasche rutschte von seiner Schulter und fiel mit einem dumpfen Aufprall zwischen den aufgerichteten Steinen zu Boden.

Sofort war ein lautes Hämmern an den Wänden des Tunnels zu hören, und Pfeile mit Metallspitzen begannen schnell durch den Korridor zu fliegen, den Samuel gerade verlassen hatte. Der Ansturm dauerte mehrere Augenblicke an, während Dutzende von Pfeilen wahllos verschossen wurden. Die Pfeile flogen mit tödlicher Präzision, bis sie aufhörten, als sich die Köcher der Bögen leerten.

Erleichtert seufzend griff Samuel nach unten und hob seine Tasche vom Boden auf. Pfeile ragten in seltsamen Winkeln aus dem Stoff heraus, also nahm er sie vorsichtig heraus. Er überlegte, ob er sie wegwerfen sollte, aber stattdessen verstaute er einige der Pfeile sicherheitshalber in seiner Tasche. Irgendetwas in seinem Bauchgefühl sagte ihm, dass er sie behalten sollte, nur für den Fall.

Nachdem er seine Tasche noch einmal überprüft hatte, ging Samuel weiter den Korridor hinunter, wobei er nun schneller ging, da er hoffte, dass dies die letzte Falle war. Als er weiterging, stellte er fest, dass der Tunnel langsam steil nach oben ging. Schließlich erreichte der Tunnel einen Scheitelpunkt, und er kam auf einem Felsvorsprung heraus, auf dem drei Tunnel zusammenliefen.

Der Sims überblickte eine zentrale Kammer mit einer erhöhten Plattform und elf um den Raum herum aufgestellten Sockeln. In der Mitte des Raumes stand ein weiteres Podest, auf dem ein verstaubter goldener Sarkophag lag. Auf sechs der Sockel, die den Raum an den Rändern umgaben, standen Figuren, die in Stoffbandagen eingewickelt waren. Auf dem Boden, der zu den Sockeln führte, konnte Samuel deutlich Schleifspuren im Sand und Blutflecken erkennen.

Auf der anderen Seite des Raumes stand eine große, rechteckige Steinplattentür leicht angelehnt hinter der erhöhten Plattform, die er zuvor bemerkt hatte. Als Samuel den Raum weiter inspizierte, bemerkte er eine leichte Brise, die aus der zentralen Kammer wehte.

Als er sich auf dem Sims umsah, bemerkte er, dass an der Seite der Kammer eine Treppe eingemeißelt war. Seufzend begann er, die geschnitzte Leiter hinunterzusteigen, die in die zentrale Kammer führte, und untersuchte den Raum. Er war der Meinung, dass die Mumien auf den Sockeln am Rande der Kammer unter Schmerzen gestorben sein mussten, denn viele zeigten Anzeichen von Verletzungen und Blutungen durch die Stoffbinden. Als er näher an den Sarkophag in der Mitte herantrat, stellte er fest, dass dort nicht nur ägyptische Hieroglyphen, sondern auch verschiedene andere Sprachen, darunter Althebräisch, zu lesen waren.

Er beugte sich näher heran und las laut und heiser vor sich hin: "Hier liegt der Gottkönig Pharao Sneferu, der Tempelbauer, der Auserwählte des Anubis, König von ganz Ägypten und von allem, was vom Nil aus zu sehen ist. Möge er ruhen, bis er von seinen treuen Dienern geweckt wird, um Ägypten und die Welt zurückzuerobern."

Samuel war von den Worten überwältigt, seine Knie knickten ein und er sank auf die Knie, als er verstand, was er sah. Das Vorhandensein so vieler verschiedener Sprachen, von denen er die meisten nicht kannte, und die Tatsache, dass die Legenden aus seiner Kindheit alle wahr waren, versetzten ihn in Erstaunen. Endlich hatte er den Pharao gefunden, von dem er immer geträumt hatte; wo waren nun die Schriftrollen des Wissens und der Macht, von denen er auch gehört hatte?

Samuel stand von der Seite des Sarkophags auf und ging auf eine der Seitenkammern zu, deren Türen teilweise geöffnet waren. Dabei hörte er hinter sich in der Dunkelheit ein leichtes Schlurfen und Schleifen. Ängstlich drehte er sich um, denn er wusste, dass sich niemand mit ihm in der Pyramide befand, so dass außer seinem eigenen schnellen Atem und seinen eigenen Schritten keine Geräusche zu hören sein sollten. Er erblickte mehrere Gestalten, die sich hinter ihm in der Dunkelheit abzeichneten. Sie kamen rasch auf ihn zu und traten aus der Dunkelheit hervor, gekleidet in die Gewänder altägyptischer Priester. Plötzlich erfüllte der Klang von Gesängen den Raum, und er blickte zu der Plattform, auf der zwei weitere Priester standen, die etwas auf Altägyptisch sangen und große, mit Edelsteinen besetzte Stäbe vor sich hielten.

Samuel stürzte sich in den Kampf und fürchtete um sein Leben. Er zog einen Pfeil aus seinem und schlug damit den Kopf des Priesters ein, der ihm am nächsten stand. Als er seinen Arm nach unten schwang, durchtrennte die Pfeilspitze die Bandagen, die den Kopf des Priesters umgaben, und enthüllte das augenlose Gesicht des Wesens darunter. Samuels Gedanken überschlugen sich bei der Erkenntnis, dass die Gefahr existierte und dass die Legenden über die Hexerei des Pharaos, die er lange verworfen hatte, wahr sein mussten. Als er sich umdrehte, um die Steinstufen wieder hinaufzuklettern, spürte Samuel, wie knochige Hände seine Arme umklammerten und ihn wieder nach unten zogen, und ihm wurde klar, dass er zu langsam gewesen war, um die Gefahr zu erkennen.

Samuel wurde ungeschickt auf eines der Podeste am Rande des Raumes geworfen, während der Gesang fieberhaft zunahm und die Mumien versuchten, ihn zu überwältigen und ihn wie die anderen Figuren auf den Podesten in Stoffbandagen einzuwickeln. Verzweifelt zog er den Dolch, den er unter seinem Hemd versteckt hielt, und schaffte es mit einem plötzlichen Stoß, einen der Priester in die Brust zu stechen, was ihm die Zeit verschaffte, die er brauchte, um zu springen. Er schrie vor Angst und wurde von weiteren Priestern, die aus einer der Seitenkammern aufgetaucht waren, um den anderen zu helfen, in die Knie gezwungen, während er sich wehrte und vor Angst schrie.

Als er sich weiter wehrte, wankte einer der Oberpriester von der Plattform zu ihm hinunter, den Stab in der Hand. Je näher er kam, desto fiebriger wurde sein Gesang, und er zog einen mit Edelsteinen besetzten Dolch hervor, der rot von Blut war. Der Oberpriester beugte sich zu ihm, hörte auf zu singen und stieß die Klinge in Samuels Brust. Als sie in seine Brust eindrang, spürte Samuel, wie seine Brust aufgerissen wurde. Er verlor das Bewusstsein, als er spürte, wie etwas, das größer war als er, begann, ihn für immer wegzunehmen.

***

Samuel erwachte plötzlich und fand sich in einem königlichen Gewand wieder, wie es sich für einen Adligen gehört. Er schnappte nach Luft und rief sich die letzte Erinnerung, die er an den Dolch, der in ihn eindrang. Als er an sich herunterschaute, sah er, dass es keinerlei Anzeichen von Wunden oder Blutungen gab. Tatsächlich hatte er sich noch nie in seinem Leben besser gefühlt. Er spürte die Vitalität seines Körpers und seiner Organe, und das Atmen der frischen Luft fühlte sich an, als wäre es Jahre her, dass er dies getan hatte. Er bemerkte, dass er ein rotes Gewand trug, auf dessen Brust unverständliche Hieroglyphen prangten, die zu der goldenen Kette passten, die um seinen Hals hing.

Er setzte sich auf, so gut er konnte, und nahm seine Umgebung in Augenschein. Er befand sich auf einem Balkon und blickte über eine Stadt voller Menschen, deren dunkler Himmel von den vielen Lichtern der Stadt unter ihm erhellt wurde. Er war überrascht von der unwiderlegbaren Tatsache, dass die Gebäude um ihn herum höher waren als alle, die er je in Ägypten, Jerusalem oder einer der europäischen Städte, die er bereist hatte, gesehen hatte. Als er sich umdrehte, stellte er fest, dass er sich in einem ägyptischen Palast zu befinden schien; der Balkon öffnete sich zu einem opulenten Raum mit Alabastersäulen, die mit verschnörkelten Hieroglyphen bedeckt waren.

Als Samuel an den Säulen vorbei weiter in den Raum ging, sah er etwas, das er nur als einen mit Blattgold vergoldeten Thron und atemberaubende Gemälde beschreiben konnte. Hinter dem Thron befanden sich komplizierte Kunstwerke, die den Raum ebenso schön wie atemberaubend ausschmückten.

"Schön, nicht wahr?", sagte plötzlich eine amüsierte Stimme hinter ihm.

Samuel drehte sich um und betrachtete den Fremden, der gerade gesprochen hatte. Es war ein Mann in unverkennbar ägyptischer Königskleidung, der einen hölzernen Hirtenstab und eine lederne Flegelpeitsche bei sich trug. Der Mann wirkte würdevoll und gut aussehend, und seine Ausstrahlung war von Autorität und unbestreitbarer Macht geprägt.

"Ich bin Osiris, Gott der Unterwelt, König des Jenseits, Richter der Toten", sagte er und deutete mit seinem Krummstab und Dreschflegel großspurig auf sich selbst, "und du bist Samuel", schloss er, während er weniger großspurig sprach.

"Sie fragen sich sicher, warum Sie hier sind, wenn man bedenkt, dass das letzte du erinnerst dich an eine nicht so angenehme Messerstecherei von ein paar nicht so freundlichen Mumien in einer staubigen alten Gruft mitten in der Wüste", fügte er hinzu und ging an Samuel vorbei auf den Thron zu.

Samuel nickte stumm, als der Schock einsetzte, und beobachtete, wie der Mann den Thron bestieg und ein goldenes Licht ihn einhüllte, als er sich setzte.

"Nun, um es kurz zu machen, Samuel, ich sah eine Gelegenheit und habe sie ergriffen. Ich befand mich in einem nicht enden wollenden Kampf mit diesem alten Heuchler, Anubis, um die Unterwelt und das Jenseits. Wir wissen beide, dass ich der Mächtigere bin und von allen verehrt werde, zu Recht, wie ich hinzufügen möchte, aber Anubis hat etwas Gescheites getan, das ich nicht verhindern konnte, bis es vor Jahren zu spät war."

Als er Samuel ansah, bemerkte Osiris seinen offensichtlich geschockten Gesichtsausdruck. Mit einer Handbewegung zauberte Osiris einen bequemen Stuhl mit passender Ottomane vor sich her - wie etwas, das man in der Praxis eines Therapeuten sehen würde - und Samuel fand sich darin sitzend wieder, die Beine hochgelegt und auf der Ottomane ruhend, ohne auch nur einen Muskel zu bewegen.

"Vielleicht sollte ich einen Schritt zurücktreten. Vor wenigen Augenblicken bist du gestorben; du wurdest von Mumien mit einer verzauberten Klinge erstochen, die deine Seele an Anubis übergab im Austausch für die Wiederauferstehung ihres Pharaos Sneferu. Im Allgemeinen ist es schlecht für die Gesundheit, wenn man erstochen wird, und die spezielle Klinge, die sie benutzt haben, ist normalerweise eine garantierte Fahrkarte ins Jenseits. Das heißt, es sei denn, du hast Freunde in hohen Positionen, und die hast du zum Glück", fuhr er fort und grinste über das, was er offensichtlich für einen ziemlich cleveren Scherz hielt.

"Ich weiß, dass das seltsam erscheinen mag, wenn man bedenkt, dass du nicht wirklich zu meinem Volk gehörst, aber ich habe mich für dich interessiert und bin eingesprungen, um dich aus dem Jenseits zu retten. Ich habe mir deine Waage angesehen, und leider sieht sie nicht gut aus, mein Freund. Ich habe einen Vorschlag für dich, den du sicher gerne annehmen wirst, wenn ich dir sage, was auf dem Spiel steht." Osiris hielt inne, um Samuel anzuschauen und seine Reaktion auf das Gesagte abzuschätzen.

Samuel holte tief Luft, bevor er antwortete, und zwang sich, das Zucken seines Auges zu unterdrücken, während er Osiris ungläubig und völlig schockiert anstarrte. "Nehmen wir an, ich glaube, was du mir sagst, und ich bin wirklich tot. Warum würdest du mich retten? Ich kenne dich nicht und du kennst mich nicht, und wie du gesagt hast, gehöre ich nicht wirklich zu deinem Volk. Soweit ich weiß, hat Jerusalem nie die ägyptischen Götter angebetet."

Laut lachend antwortete Osiris: "Du hast Recht, mein Freund, sie haben mich nie verehrt! Nicht, dass ich nicht schon daran gedacht hätte, eine Reise zu machen, wenn man bedenkt, in welche endlosen Kreuzzüge ihr Menschen dort drüben verwickelt zu sein scheint. Es scheint wirklich eine Wachstumsindustrie für mich zu sein, aber ich habe es nicht geschafft, einen Fuß dorthin zu setzen, wenn man bedenkt, dass es bereits ein umkämpftes Gebiet zwischen mehreren anderen Göttern ist; alle von ihnen sind auch totale Diven, möchte ich hinzufügen."

"Um ehrlich zu sein, ist es mir egal, dass du nicht an mich glaubst. Was ich brauche, bist du. Anubis hat einen Pakt mit Sneferu geschlossen, um ihn wieder zum Leben zu erwecken und ihm Kräfte zu verleihen, die es ihm ermöglichen, ganz Ägypten und mehr zu erobern. Das stört das empfindliche Gleichgewicht des Lebens und bringt mein Mojo als König der Unterwelt und des Jenseits gehörig durcheinander. Wenn die Dinge mit euch Menschen dort oben zu verrückt werden, muss ich die Stadt, die ihr vom Balkon aus gesehen habt, erweitern, um all die Neuankömmlinge unterzubringen, und glaubt mir, ihr wollt nicht sehen, was passiert, wenn ihr versucht, hier unten eine Baugenehmigung zu bekommen. Ich kann es nicht gebrauchen, dass diese aufgeblasenen Stadtinspektoren sich meine Klempnerarbeiten und elektrischen Leitungen ansehen!"

"Du hast immer noch nicht erklärt, was du von mir willst", antwortete Samuel, der von der Erklärung des respektlosen Gottes überrascht war und sich fragte, was er mit elektrischen Leitungen und Klempnerarbeiten meinte.

Osiris nickte Samuel von seinem Thron aus fröhlich zu und antwortete: "Ganz einfach, mein Mann. Du musst wieder hinuntergehen und ihn aufhalten. Anubis hat bereits sieben Opfer erhalten, und er braucht noch drei weitere, um Sneferu zurückzubringen. Du wärst das Glücksopfer Nummer acht gewesen, wenn ich nicht eingesprungen wäre, um den Tag zu retten. Es ist nicht wichtig, dass Sie ihn sofort aufhalten, also gehen Sie nicht mit Pfeil und Bogen da rein. Du bist kein John McClane, auch nicht mit meiner Hilfe. Versteck dich einfach das Grab, halte die Leute davon ab, es zu finden, und behalte es in aller Stille im Auge. Im Gegenzug werde ich dich wieder zum Leben erwecken, den Versuch, deine Seele Anubis zu opfern, rückgängig machen und dir Kräfte wie erhöhte Stärke und Vitalität verleihen. Du kannst immer noch durch Waffen getötet werden, aber du wirst nicht auf natürliche Weise sterben oder altern, bis mein Geschenk zurückgezogen wird und du deine Mission erfüllt hast. Ist das für dich in Ordnung?"

Samuel sah Osiris müde an: "Habe ich wirklich eine Wahl in dieser Angelegenheit?"

Osiris schmunzelte: "Nun ja, aber wenn du nein sagst, dann endet die Welt, wie wir sie kennen. Du stirbst und landest im Jenseits, wo Anubis das Sagen hat, und die Dinge laufen einfach nicht gut für alle Beteiligten. Außerdem würdest du die Videospielhalle und die Go-Kart-Bahn verpassen, die hier nächste Woche eröffnet wird. Anubis kann sich diese Art von Opulenz und Luxus in seinem Revier nicht leisten; das ist nur den großen Ligen und Profis vorbehalten."

"Nun gut, Sie haben mein Einverständnis. Was muss ich tun, um diese Vereinbarung mit Ihnen zu formalisieren?" antwortete Samuel nach einem Moment, während er sich nun fragte, was eine Spielhalle oder ein Go-Kart war.

"Du hast gerade alles getan, was ich von dir verlangt habe. Jetzt schicken wir dich zurück, du wachst außerhalb der Pyramide auf und fühlst dich wie eine Million Dollar, und du gehst deinem Tag nach und tust, was ich dir sage, wie ein guter kleiner Lakai. Ich werde von Zeit zu Zeit vorbeischauen und mich vergewissern, dass es dir gut geht, usw. Oh, und bevor ich es vergesse: Irgendwann wirst du einem Jungen namens Jake begegnen, der auf einem Markt in Kairo versucht, einen Granatapfel für eine alte Dame zu stehlen. Seien Sie ein Kumpel und helfen Sie ihm, ja? Das Ergebnis wird dir gefallen, das verspreche ich dir!" erwiderte Osiris, und mit einer gebieterischen Handbewegung verschwand Samuel.

Kapitel 1: Anfänge

Jake und Oliver Jones, 12 und 10 Jahre alt, warteten wie betäubt auf dem Flughafen von Los Angeles darauf, ein Flugzeug nach London, England, zu besteigen, um bei ihrem Onkel Herman und ihrer Tante Margaret Jones zu leben. Da sie zuvor noch nie ein Flugzeug bestiegen oder alleine gereist waren, waren sie verständlicherweise ängstlich und nervös.

Jake war ein schlaksiger Junge, der im Alter von 12 Jahren gerade einen der vielen Wachstumsschübe hinter sich hatte. Er hatte einen gebräunten Teint, grüne Augen und schmutzigblondes Haar, das er lang bis zum Nacken trug. Er war ein Junge, der lieber draußen spielte und Abenteuer erlebte als in der Schule, und an den Wochenenden, wenn sie nicht in der Schule waren, ging er oft mit seinem Vater surfen. Er fand überall leicht Freunde und konnte jeden bezaubern, wenn er es wollte. Jake ähnelte in Aussehen und Auftreten seinem Vater.

Während Jake kontaktfreudig und abenteuerlustig war, war Oliver schüchtern und mehr als glücklich, im Haus zu bleiben. Mit seinen 10 Jahren hatte Oliver noch keine größeren Wachstumsschübe erlebt. Er war immer noch klein für sein Alter, hatte ein mausgraues Aussehen und trug eine Brille, die seine Sehkraft korrigierte. Die Brüder hatten die gleiche Augenfarbe, aber Olivers Haare waren hellbraun und seine Haut war blass. Oliver liebte es, seine Zeit im Haus zu verbringen und mit seiner Mutter Bücher zu lesen. Er saß stundenlang in der Bibliothek und las, und seine Mutter machte ihm gesunde Snacks. Und sie lasen sich gegenseitig Auszüge aus den Büchern vor, die sie gerade lasen. Oliver war nicht so kontaktfreudig wie sein Bruder und hatte nicht viele Freunde in seiner Schule. Das heißt nicht, dass er keine Freunde fand, wenn er es versuchte, aber er war eher der ruhige Typ, der lieber schweigend mit einem Freund zusammensaß als auf eine Party zu gehen. Während Jake seinem Vater ähnelte, war Oliver seiner Mutter sehr ähnlich.

Oliver griff in seine vordere Hemdtasche und streichelte nervös seine Hausmaus Fromage.

Sein älterer Bruder Jake sah zu Oliver hinüber und flüsterte, während er sich vorsichtig umsah: "Oliver, sei vorsichtig, du weißt doch, was die Dame von der Flughafensicherheit gesagt hat, als sie die Maus vorhin gesehen hat!"

Oliver sah angemessen gezüchtigt aus und hörte auf, Fromage zu streicheln, der wegen des plötzlichen Mangels an Aufmerksamkeit ein entrüstetes Quieken von sich gab und kurzerhand von einem kleinen Stück Käse abgelenkt wurde, das Oliver für seinen mausgrauen Begleiter in seine Tasche steckte.

Als sie einige Stunden zuvor mit ihrem gerichtlich bestellten Sozialarbeiter den Flughafen betreten hatten, waren sie mit einem offiziellen Schreiben eingecheckt worden, das den Jungen erlaubte, ohne Begleitung zu reisen. Normalerweise würde die Fluggesellschaft einen Flugbegleiter zur Verfügung stellen, aber der Schalterbeamte hatte ihnen unumwunden mitgeteilt, dass niemand verfügbar sei, so dass sie allein reisen würden. Sie wurden eingecheckt, gaben ihre wenigen Habseligkeiten ab, damit sie ins Flugzeug geladen werden konnten, und wurden dann zur Sicherheitskontrolle am Flughafen geleitet.

Der uniformierte Arbeiter hatte Oliver sofort zur Seite gewunken und gefragt, was er in seiner Tasche habe. Unter Tränen hatte Oliver Fromage aus seinem Versteck geholt und leise erklärt, dass es sich um seine Hausmaus handelte. Zwischen den wässrigen Blicken, die Oliver der Frau zuwarf, und der offensichtlichen Verzweiflung des Jungen, hockte sich die Angestellte der Flughafensicherheit vor Oliver hin. Nachdem sie sich vergewissert hatte, ob andere (vor allem ihr Vorgesetzter) zufällig beobachtet werden.

"Normalerweise darf man keine Mäuse mit ins Flugzeug nehmen. Aber ich weiß, dass dies eine ganz besondere Maus ist. Ich werde niemandem sagen, dass sie ein blinder Passagier in deiner Tasche ist, wenn du es nicht tust. Ich bin mir nicht sicher, ob die Fluggesellschaft oder der Grenzschutz begeistert wäre, wenn du eine Maus mit ins Flugzeug und über die britische Grenze bringen würdest."

Erleichtert hatte Oliver ihr im Stillen gedankt, während er versuchte, die Tränen zu unterdrücken, die ihm bei dem Gedanken an den Verlust von Fromage in die Augen gestiegen waren.

Sobald die Jungen die Sicherheitskontrolle am Flughafen passiert hatten, hatte sich ihre offensichtlich gelangweilte, vom Gericht bestellte Sozialarbeiterin von ihnen verabschiedet. Sie hatte den Jungen gesagt, sie sollten auf sich selbst aufpassen und ihren neuen Vormündern nicht zu viel Ärger machen, bevor sie den Flughafen fluchtartig verließ. Jake und Oliver waren auf sich allein gestellt und hatten sich im Flughafen verirrt, bevor sie endlich ihr Gate fanden und sich einrichten konnten. Ein Flughafenangestellter, der gerade seine Mittagspause machte, hatte bemerkt, dass die Jungen sichtlich verstört waren, und half ihnen, ihr Ziel zu erreichen.

"Mach dir keine Sorgen, Oliver. Ich bin sicher, der Flug wird lustig, und wir können etwas Neues erleben", sagte Jake und blickte seinen jüngeren Bruder besorgt an, der sich in diesem Moment in sich selbst zurückzuziehen schien, als wolle er vergessen, wo er war.

Aus den Lautsprechern ertönte eine unverständliche Durchsage, und Jake blickte auf, um zu sehen, dass ein Uniformierter an ihrem Flugsteig die Tür geöffnet hatte und nun Passagiere aufnahm. Er sah Oliver an und gab ihm ein Zeichen, aufzustehen, und sie begannen mit dem Einsteigen in ihr Flugzeug.

Jake und Oliver waren beide sehr nervös, als sie das Flugzeug betraten. Sie waren solche Dinge nicht gewohnt und verstanden nicht wirklich, warum so viele die Leute kamen und gingen aus dem Flugzeug, als ob es eine U-Bahn wäre. Oliver war besonders nervös, da Fromage in seiner Tasche steckte, obwohl er die kleine Maus nicht sehen konnte und nicht spürte, dass sie sich bewegte; er muss kurz nach ihrem früheren Gespräch in ein käseinduziertes Koma gefallen sein.

Als sie Platz genommen hatten, sah Jake zu Oliver, der sich Sorgen um seinen Bruder machte, und fragte: "Geht es dir gut?"

Oliver nickte, ohne Jake anzusehen, und warf ihm einen kurzen Blick zu, bevor er sich wieder nach vorne drehte. "Ich denke schon. Ich glaube, ich werde einfach versuchen zu schlafen; ich will nicht den ganzen Flug über wach sein." Mit diesen Worten lehnte Oliver seinen Sitz so weit wie möglich zurück, um es sich bequemer zu machen, und nickte schnell ein.

Kurz nachdem Oliver eingeschlafen war, wurden die Türen des Flugzeugs geschlossen, sie rollten zur Startbahn und hoben in die Luft ab. Nachdem die Lichter der Sitzgurte ausgeschaltet worden waren, kam ein Flugbegleiter mit Kopfhörern für beide Jungen vorbei und zeigte Jake, wie man die Unterhaltungssysteme bedient. Jake nickte der Stewardess dankend zu, als er den kleinen Bildschirm an der Rückenlehne des Sitzes vor ihm einschaltete, um einen Film zu sehen, dem er während des elfstündigen Fluges kaum Aufmerksamkeit schenkte.

***

Als sie elf Stunden später in London ankamen, waren die Jungen überrascht, dass durch die Fenster des Flughafens helles Tageslicht fiel. Die Länge des Fluges hatte ihre inneren Uhren durcheinander gebracht. Jake schaute sich ausdruckslos an und fragte Oliver: "Hast du eine Ahnung, wo wir sind?

Der jüngere Junge schaute auf die Overhead-Tafeln und versuchte, die enorme Menge an Informationen auf dem Bildschirm zu deuten.

Die Flugbegleiterin ihres Fluges, die Jake mit dem Unterhaltungssystem geholfen hatte, kam vorbei, wurde langsamer und bemerkte, dass sie verloren aussahen. Sie blieb stehen und bot freundlich ihre Hilfe an, was die Jungen freudig annahmen. Sie half ihnen bei der Gepäckausgabe am Flughafen, wartete mit ihnen auf ihre Koffer und half ihnen, die lange Zollschlange zu umgehen, indem sie sie durch die kürzere Schlange begleitete, die für das Personal der Fluggesellschaft reserviert war.

Jake und Oliver wurden von dem Zollbeamten befragt, und als der schroffe Mann fragte, was der Zweck des Besuchs im Vereinigten Königreich sei, wurde Jakes Gesichtsausdruck traurig, und er zögerte einen Moment, bevor er antwortete:

25

"Unsere Eltern sind bei einem Autounfall ums Leben gekommen, also werden wir bei unserem Onkel Herman und unserer Tante Margaret leben. Er hat unseren Sozialarbeiter vor ein paar Tagen angerufen und gesagt, dass er alle notwendigen Papiere hat, damit wir hierher ziehen können. Also haben wir unseren Flug genommen, nachdem der Sozialarbeiter uns gestern zum Flughafen gebracht hat", antwortete Jake und kämpfte mit den Tränen, weil er den Verlust seiner Eltern mit einem völlig Fremden besprechen musste.

Hinter Jake und Oliver sah die Flugbegleiterin sowohl verstört aus, als sie die Geschichte der Jungen hörte, als auch wütend, dass der Grenzbeamte die Jungen so hart verhörte. Sie warf dem Grenzbeamten einen giftigen Blick zu, der ihre Reaktion zur Kenntnis nahm und eilig die Pässe der Jungen abstempelte, um sie im Land willkommen zu heißen. Er warf einen flüchtigen Blick auf die Papiere der Flugbegleiterin, bevor er sie ebenfalls durchwinkte, da er ihren Zorn fürchtete.

Sie schlängelten sich durch das Terminal und wurden von der Aufsichtsperson zu den Türen und dem Abholbereich geführt, wo die Jungen hofften, ihren Onkel zu sehen, der auf sie wartete, um sie von diesem überwältigenden Flughafen wegzuführen. Stattdessen fanden sie mehrere Familien vor, die sich versöhnten und ihre Autos beluden, aber ihr Onkel war nirgends zu sehen.

Als sie zum Bordstein neben dem Abholbereich gingen, um auf ihren Onkel zu warten, sah der Flugbegleiter, der sie zum Flughafen brachte, die panischen Gesichter der Jungen und fragte: "Hast du die Kontaktdaten oder die Telefonnummer deines Onkels?"

Nachdem beide Jungen den Kopf geschüttelt hatten, zog sie einen Zettel aus ihrer Tasche, riss ihn entzwei und schrieb eilig ihren Namen und ihre Nummer darauf, bevor sie jedem Jungen einen Zettel gab: "Wenn irgendetwas passiert, ruf mich bitte an, dann komme ich und hole dich. Wenn dein Onkel nicht bald auftaucht, ruf mich an und ich kann dir helfen, ihn zu finden oder dir eine Unterkunft zu besorgen, okay?"

Jake nahm den Zettel entgegen und sah, dass ihr Name Emily war: "Danke, Emily, ich hoffe, wir müssen Sie nicht anrufen, aber danke für Ihre Hilfe."

Mit zerrissenem Gesicht ging die Frau davon, nachdem sie sich verabschiedet hatte, und blickte mehrmals hinter sich, um zu sehen, ob die Jungen noch da waren. Sie sahen zu, wie sie die Tür eines kleinen roten Volkswagens öffnete, einstieg und wegfuhr, bevor sie sich ungläubig zueinander umdrehten.

Ängstlich flüsterte Oliver. "Sind wir sicher, dass wir einen Onkel Herman haben? Wir haben ihn noch nie getroffen oder mit ihm gesprochen, und Papa hat nicht wirklich davon gesprochen, dass wir einen Bruder haben, geschweige denn eine Familie in England."

Als sie mit ihrem Gepäck zur Sitzecke hinübergingen, zuckte Jake mit den Schultern und sagte: "Ich weiß es nicht, aber Dad hat nie über andere Familienmitglieder gesprochen, also ist es wirklich nur eine Vermutung. Unsere Eltern müssen ihn gekannt haben, auch wenn sie nicht viel über ihn gesprochen haben, sonst hätten sie ihn nicht in ihrem Testament zu unserem Vormund gemacht."

Oliver sah Jake an, mit Sorgen in den Augen: "Was ist, wenn er nicht echt ist und wir umsonst nach London gekommen sind und hier festsitzen?"

Jake legte beruhigend den Arm um seinen Bruder, obwohl er gerade genau das in Worte gefasst hatte, worüber er im Flugzeug nachgedacht hatte: "Wir können nicht denken Ich bin mir sicher, dass es auf diese Weise gut geht."

Beide Jungen saßen schweigend da und sahen sich in der sich lichtenden Menge um, als ein rumpelndes Geräusch und quietschende Reifen ihre Aufmerksamkeit auf den Parkplatz draußen lenkten. Sie schlenderten zur Straße, als ein riesiger schwarzer Range Rover Geländewagen aus den frühen 1990er-Jahren um die Ecke bog und sich schlängelte, während der Fahrer wahllos andere Autos schnitt.

Jake und Oliver sahen mit großen Augen, wie der Fahrer einem kleinen BMW und einem Minivan auswich, der die anderen Fahrzeuge überragte und vor ihnen mit einem lauten Knall zum Stehen kam. Die Jungen sprangen zurück, als sich die Tür öffnete und ein Mann mittleren Alters in einem abgetragenen Tweed-Anzug ausstieg, der um das Ungetüm von einem Fahrzeug herum zu den Jungen eilte, die am Bordstein warteten.

"Verdammt noch mal, können Sie sich den Verkehr hier vorstellen? Glaubst du nicht, dass diese Leute etwas Besseres zu tun haben, als auf der Straße zu stehen, wenn ich auf dem Weg bin, meine Neffen vom Flughafen abzuholen?", rief der Mann lautstark einer älteren Frau zu, die sich vorsichtig vom Beifahrersitz herabließ. Sie schien von seiner Fahrweise noch etwas grün im Gesicht zu sein.

"Ja, Herman, du Dummkopf, das würde ich glauben. Du hättest mich mit deiner Fahrweise fast umgebracht, und wir hätten das gar nicht tun müssen, wenn du einfach gegangen wärst, als ich gesagt habe, dass wir es tun müssen!" Die Frau antwortete mit einem Ausdruck von Wut und Verzweiflung auf ihrem Gesicht.

Die Jungen traten vor, und der Mann, der sie zum ersten Mal bemerkte, streckte ihnen eifrig die Hand entgegen und rief: "Es ist mir eine Freude, euch endlich kennenzulernen, Jungs! Ich bin euer Onkel Herman! Diese bezaubernde Frau ist eure Tante Margaret, die ältere Schwester von eurem Vater und mir."

"Moment mal, ihr seid doch Jake und Oliver, oder?", zögerte der Mann und kniff die Augen nachdenklich zusammen, "ich dachte, ihr seid Zwillinge?"

Jake sah seine Tante und seinen Onkel an und wusste nicht, was er tun sollte. Sein Herz raste und seine Handflächen begannen zu schwitzen, als der Mann ihm weiterhin in die Augen sah und erwartungsvoll eine Antwort auf seine Frage erwartete.

Zum Glück musste er das nicht, denn Tante Margaret schaltete sich wütend ein: "Herman, du absoluter Tölpel, du weißt, dass Jake und Oliver keine Zwillinge sind. Jake ist 12 und Oliver ist 10. Wie können Zwillinge unterschiedlich alt sein, du Vollidiot von einem Mann! Ehrlich gesagt, frage ich mich oft, wie ich mit dir verwandt sein kann?"

"Ich bin Oliver und er ist Jake", antwortete Oliver schüchtern auf die Frage nach Onkel Herman und beäugte nervös seinen Onkel, der sich als ganz anders herausstellte, als sie erwartet hatten.

"Ausgezeichnet, gut, dass wir das geklärt haben. Habt ihr noch mehr Gepäck dabei, Jungs?" Onkel Herman blickte auf die kleine Ansammlung von Taschen, die vor ihnen auf dem Bürgersteig lagen, als hätte er erwartet, dass es noch mehr davon gab.

Jake und Oliver sahen sich die beiden Koffer und einen Rucksack an, die sie mitgebracht hatten. "Ähm, nicht mit uns, das ist alles. Wir durften nichts anderes aus dem Haus mitnehmen; die Sozialarbeiterin meinte, das wäre den Ärger nicht wert." antwortete Jake und dachte traurig an seine Spielsachen und Geschenke von seinen Eltern, die er in Los Angeles zurücklassen musste.

Er hatte gehofft, dass sie einige Kleidungsstücke und Sachen seines Vaters hätten mitnehmen können, aber die Sozialarbeiterin hatte ihnen gesagt, dass sie nur das mitnehmen sollten, was einen hohen ideellen Wert hatte, da es ohne Übergewicht in das Gepäckstück passen musste. Sie hatte auch darauf geachtet, dass beide Jungen ihre gesamte Kleidung mitnahmen, da sie davon ausging, dass sie diese eher brauchen würden als Andenken oder Spielzeug.

Herman stand mit einem verwirrten Gesicht da und versuchte, seine Enttäuschung und Verwirrung über die Antworten der Jungen zu verbergen. Er wollte sie in den Arm nehmen und ihnen zu sagen, wie glücklich er sich schätzen konnte, als ihr Vormund ausgewählt worden zu sein, und dass sie ihr neues Leben lieben würden. Gleichzeitig wusste er nicht, wie er die Jungen trösten konnte, ohne von der Sozialarbeiterin zu erfahren, was passiert war.

Er schaute zu seiner Schwester Margaret hinüber, die so leidenschaftlich und streng gesprochen hatte und jetzt ein wenig verlegen aussah, nachdem sie ihm beim Aussteigen aus dem Range Rover etwas gesagt hatte. Er nickte leise in ihre Richtung und schenkte ihr ein leichtes Lächeln. Margaret lächelte zurück, mit einem Anflug von Verlegenheit und Erleichterung darüber, dass sie nichts allzu Unverschämtes gesagt hatte, das ihn in Verlegenheit gebracht oder die Jungs bei ihrem Treffen in eine peinliche Situation gebracht hätte.

Tante Margaret trat vor und nahm die beiden in die Arme, bevor sie sagte: "Ich freue mich sehr, euch beide kennenzulernen. Ich weiß, das ist viel, aber ihr sollt wissen, dass wir uns um euch kümmern und dafür sorgen werden, dass ihr alles habt, was ihr braucht, okay? Achtet auch nicht auf euren Onkel Herman da drüben, er ist der Dorftrottel und wir ignorieren sowieso alles, was er sagt."

"Ich weiß nicht, wie es euch geht, aber ich bin am Verhungern, und wir müssen dich noch vor dem Abendessen wieder nach Hause bringen. Lasst uns gehen, ja?", sagte sie und deutete gebieterisch auf Herman.

"Wir sind bereit zu gehen, Tante Margaret. Danke, Onkel Herman", antwortete Jake und schulterte den Rucksack, während sie ihrer Tante zur Autotür folgten, die sie für sie offen hielt.

Herman schnappte sich ihr Gepäck und lud es in den Kofferraum des Range Rover, bevor er sich auf den Vordersitz hinter das Lenkrad setzte. Sobald das Auto voll gepackt war, machten sie sich auf den Weg zu dem Haus, von dem Herman ihnen sagte, dass es in Cambridge lag. Während der Fahrt schwiegen die Jungen und dachten über das Gesagte und ihren bisherigen tag nach.

Während Jake wach blieb und neugierig seine Umgebung beobachtete, nickte Oliver als ihn der lange Flug und die Erfahrung am Flughafen einholten. Jake nahm ein kleines Reisekissen aus dem Rucksack und legte es liebevoll unter den Kopf seines Bruders, der bei jeder Gelegenheit ein Nickerchen machte.

Jake beobachtete seinen Onkel Herman, während er fuhr. Er war ein Mann mittleren Alters mit wettergegerbter Haut, die darauf schließen ließ, dass er viel Zeit im Freien verbrachte, und auffälligen Lachfalten um Mund und Augen. Er hatte eine dünne Statur und war wahrscheinlich nicht größer als 1,80 m; die Leute würden ihn wahrscheinlich als schmächtig bezeichnen. Es fehlte ihm an Muskeln, und es schien, dass ein starker Wind ihn leicht umwehen könnte. Grüne Augen, die genau den Farbton der Jungen und ihres Vaters hatten, leuchteten in seinem Gesicht, als wäre er ständig bereit, einen Witz zu erzählen, und er hatte sandbraunes Haar, das genauso aussah wie das von Oliver.

Jake wunderte sich über den krassen Gegensatz zwischen Herman und Tante Margaret. Während Herman Lachfalten im Gesicht hatte, wirkte sie strenger und ein wenig älter. Wenn Jake raten sollte, würde er sagen, dass Margaret wahrscheinlich in den Fünfzigern war, aber das war etwas, in dem Jake schlecht war. Sie trug ihr ergrautes Haar zu einem strengen Dutt und war bescheiden gekleidet, was darauf schließen ließ, dass sie nicht gerne auffiel. Margaret hätte leicht als Bibliothekarin durchgehen können, obwohl Jake sich nicht sicher war, ob das an ihrer Kleidung lag oder an der Art, wie sie ihre Hornbrille auf der Nase trug, während sie ein Buch auf ihrem Schoß las und sich die Zeit vertrieb, während Herman den Geländewagen durch den

Verkehr steuerte. Die Familienähnlichkeit war nur an der gleichen grünen Augenfarbe zu erkennen, die sie alle hatten.

Gelegentlich schaute Tante Margaret auf und tadelte Herman für seine Fahrweise. Sie ertappte ihn dabei, wie er zu schnell fuhr und zufällige Autos abbremste, w o f ü r er sich geistesabwesend entschuldigte, bevor er kurz darauf sein Verhalten wieder aufnahm. Ein oder zwei Mal, nachdem er von Margaret ermahnt worden war, schaute Herman auf und zwinkerte Jake im Rückspiegel zu. Jake kicherte vor sich hin, denn er sah, dass sein Onkel ein Schelm war - eine Eigenschaft, die er offensichtlich mit Jakes Vater teilte, der seiner Mutter gerne harmlose Streiche gespielt hatte.

Als sie an ihrem Ziel ankamen, sprangen die Jungen mit einer Mischung aus Aufregung und Nervosität aus dem Auto. Während der Fahrt hatten sie das hektische Treiben der Großstadt hinter sich gelassen, und die Gebäude Londons waren der dünner besiedelten Landschaft gewichen. Die Jungen blickten ehrfürchtig zu dem großen Gebäude vor ihnen hinauf.

Das "Haus" würde man eher als ein palastartiges Herrenhaus bezeichnen, mit weitläufigen, gepflegten Rasenflächen und Gärten. Die weiße Steinfassade war mit imposanten Marmorsäulen verziert und mit altem Efeu bewachsen. Das Haus hatte zwei abgerundete Ecktürme an beiden Enden des Hauses, die wie Buchstützen wirkten, und Fenster, die jeweils gut eingerichtete und fertiggestellte Schlafzimmer zeigten, deren Inhalt jedoch von der Auffahrt aus kaum sichtbar war. Auf den Rasenflächen und in den Gärten waren mehrere Arbeiter zu sehen, die sich um die Instandhaltung des Gebäudes und seiner reichhaltigen Ausstattung kümmerten.

Als die Jungen das Haus begierig betrachteten, kicherte ihr Onkel Herman schelmisch. "Willkommen zu Hause, Jungs, das ist unser Familienhaus, Jones Hall genannt. Wir haben es über die Jahre hinweg behalten, im Gegensatz zu den meisten anderen Familien des alten Geldes, die es wegen der Unterhaltskosten vermieten oder verkaufen mussten. Ich hoffe, dieses bescheidene Haus genügt euren Ansprüchen", grinste er und ging mit den Taschen hinein.

***

Es dauerte eine Weile, bis die Jungen ausgepackt und sich eingelebt hatten. Herman erklärte ihnen, dass sie ihr Zimmer und ihre Sachen ordentlich halten sollten, als ob sie in einem Fünf-Sterne-Hotel wohnen würden. Margaret und Herman hatten die Jungen in ihren Flügel des Hauses geführt, der sich in einem der beiden Türme befand, die sie von außen gesehen hatten. Jeder Junge hatte ein eigenes großes Schlafzimmer und ein eigenes Bad, mit großen angrenzenden auch einen Schrank. Das Badezimmer war opulent, mit Marmor und verschiedenen anderen Steinarbeiten und polierten Messingarmaturen ausgestattet, mit einer großen begehbaren Dusche und einer Badewanne sowie einem Waschtisch mit mehreren Schubladen und einem großen, glänzenden Spiegel.

Oliver fand in seinem Zimmer auch einen großen Hamsterkäfig, der sorgfältig mit Einstreu und verschiedenen Tunneln an den Wänden und der Decke des Zimmers vorbereitet war. Freudig setzte er seine immer noch komatöse Maus Fromage hinein und legte ein paar Scheiben Cheddar für sie in den Käfig, außerdem füllte er den an der Seite des Käfigs angebrachten Wasser- und Futtertrog mit Pellets. Obwohl Fromage seinen Käse liebte, wusste Oliver, dass es nicht das Gesündeste für ihn war, ihn ausschließlich zu essen.

Nachdem sie ausgepackt hatten, gingen die Jungen gemeinsam in den Hauptwohnbereich und trafen ihre Tante und ihren Onkel in dem Raum, den sie als Wohnzimmer bezeichneten, obwohl er ihnen riesig erschien. Der Raum war um einen großen offenen Holzkamin herum mit Plüschsesseln und -sofas eingerichtet, und an der Wand hingen alte Jagdtrophäen. Über dem Kamin hingen alte Familienporträts, und die Jungen konnten Fotos ihres Vaters und ihres Onkels Herman sehen, wie sie als Jungen auf einem Jagdausflug fröhlich lachend die Arme um die Schultern des anderen legten.

Als die Jungen den Raum betraten, lächelte Onkel Herman und begrüßte sie, bevor er ihnen einen Platz auf einem der großen Plüschsofas in der Nähe des Kamins zuwies. Er ließ sich auf dem Sofa gegenüber von ihnen nieder und begann:

"Jetzt, wo Sie hier sind, möchte ich Ihnen einige Regeln aufstellen. Ich bin keineswegs ein ungerechter Mann, aber ich möchte sicher sein, dass ihr euch hier sicher fühlt und wisst, was von euch erwartet wird. "Mit einem Blick auf die Jungen, die beide zustimmend nickten, fuhr Herman fort.

"Regel Nummer eins: kein Gejammer. Wenn Sie mit etwas oder einer getroffenen Entscheidung unzufrieden sind, erwarte ich von Ihnen, dass Sie sich melden und mir ein stichhaltiges Argument dafür liefern, warum wir es nicht tun sollten. Regel Nummer zwei: Sie behandelt eure Tante Margaret mit Respekt und hört auf das, was sie zu sagen hat. Ich weiß, dass sie manchmal streng wirkt, aber sie ist die Erwachsene in diesem Haus und leitet uns alle. Regel Nummer drei: Wecke mich nicht, bevor die Sonne aufgegangen ist, oder du wirst meinen Zorn zu spüren bekommen. Und schließlich Regel Nummer vier: Habt Spaß und seid sicher. Wenn ihr irgendwo hingehen oder etwas unternehmen wollt, fragt Tante Margaret oder mich, und wir werden es gerne ermöglichen, wenn es vernünftig ist. Ist das klar?"

Sie nickten mit dem Kopf, und Herman lächelte ihnen zu. Dann stand er auf und ging zum anderen Ende des Raumes, wo ein herrschaftlich aussehender Mahagonischreibtisch an der Wand stand. Von dort zog er einen großen braunen Umschlag aus einer der Schubladen des Schreibtisches.

"Als ich von dem Autounfall und dem Schicksal deiner Eltern hörte, nahm ich mir die Freiheit, einige Fotoalben durchzusehen, die ich beiseite gelegt hatte. Ich fand Bilder von deinem Vater und einige ältere Fotos von ihm und deiner Mutter, die sie uns geschickt hatten. Ich dachte, sie würden euch vielleicht als Willkommensgeschenk gefallen." Herman reichte den Jungen den großen Umschlag, und sie gingen eifrig zu dem Mahagonitisch, um ihn zu öffnen. Sie öffneten den großen Umschlag und entdeckten einen Haufen alter Fotos aus der Kindheit ihres Vaters.

Auf den ersten Seiten waren vor allem Bilder des Vaters und des Onkels der Jungen mit ihren Eltern, ihrer älteren Schwester Margaret und sogar ihrem Großvater und ihrer Großmutter, die mit ihnen am Strand waren. Als sie weiterblätterten, wurden die Fotos aktueller, und das letzte war eine Hochzeitseinladung, auf der ihre Mutter und ihr Vater zusammen in die Kamera strahlten und offensichtlich ineinander verliebt waren.

Sowohl Jake als auch Oliver hatten Tränen in den Augen, als sie ihre Eltern sahen, und sie umarmten gemeinsam ihren Onkel, um ihm für die Fotos zu danken. Herman sah zuerst erschrocken aus, weil er nicht wusste, was er mit einem Arm voll weinender Jungen tun sollte, dann lachte er und sagte, er sei froh, dass den Jungen sein Geschenk gefallen habe.

"Also gut, wie wäre es mit einem Abendessen für diese heranwachsenden Jungs?" Margarets Stimme drang aus dem angrenzenden Raum, der sich als Esszimmer herausstellte.

"Daran musst du mich nicht erinnern, Margaret, danke!" Herman hüpfte auf und machte sich auf den Weg ins Esszimmer, um zu sehen, was Margaret für sie vorbereitet hatte.

Die Jungen folgten ihrem Onkel in den Speisesaal, wo Margaret sie an das Ende eines langen Tisches führte, an dem weit mehr als die vier Personen Platz gefunden hätten. Die Jungen und ihre Tante und ihr Onkel zogen ihre Stühle unter dem Tisch hervor, als eine Frau hereingestürmt kam und den ersten Gang, eine Spargelsuppe, brachte.

"Jungs, es tut mir leid, aber ich habe vergessen, das vorhin zu erwähnen. Das ist Anita. Sie wird uns bei der Hausarbeit helfen und sich auch um euch kümmern. Sie ist sehr gut in ihrem Job, und ich vertraue darauf, dass ihr sie mit Respekt behandeln werdet. Herman nickte der Frau zu, die ihrerseits höflich nickte und einen Platz in der Nähe ihrer Arbeitgeber einnahm, um ebenfalls mit ihnen zu essen.

Die Augen der Jungen weiteten sich, als sie die Suppe sahen, in der sich Spargelstücke befanden. Der Geruch war wunderbar, und sie sahen sich aufgeregt an, bevor sie mit Begeisterung hineinschlugen. Anita hatte einen Salat und einen Brotkorb mitgebracht, die den Tisch füllten, sowie eine weitere Schale mit der Spargelsuppe für Nachschlag, falls die Jungen mehr wollten.

Anita brachte als nächsten Gang Roastbeef, Kartoffelpüree mit Soße und gedünsteten Spargel, eine köstliche Mahlzeit, die sich die Jungen eifrig ins Gesicht stopften. Zum Nachtisch gab es Apfelkuchen mit Eiscreme, und sowohl die Jungen als auch ihre Tante und ihr Onkel waren danach völlig satt.

"Wie wäre es mit dem Wohnzimmer, Jungs, lasst uns ein wenig Zeit vor dem Kamin verbringen, während sich dieses gigantische Essen setzt", schlug Herman vor, und Oliver und Jake nickten zustimmend mit vollen Bäuchen.

Herman und die Jungen räumten den Tisch ab und stapelten das Geschirr, bevor sie es in die Küche zur Spüle trugen, wo Anita mit dem Abwasch begann, während Margaret in den Wohnbereich ging, um ein Feuer anzuzünden und es ihnen gemütlich zu machen.

Die Jungen saßen auf der Couch vor dem Kamin, während die Flammen knisterten, und betrachteten noch einmal die Bilder aus den alten Alben, die sie vor dem Abendessen bekommen hatten. Die älteren Fotos zeigten ihren Onkel und ihren Großvater beim Spielen am Strand, im Urlaub mit ihren Eltern und Geschwistern und bei vielen anderen Gelegenheiten.

Oliver betrachtete neugierig die Fotos, auf denen sein Vater und sein Onkel als Kinder zusammen lachten.

"Onkel Herman, warum haben wir dich nicht schon früher kennengelernt? Papa hat uns nie von dir oder Tante Margaret erzählt, und wir wussten von keinem von euch, bis die Sozialarbeiterin uns sagte, dass wir zu euch ziehen würden." fragte Oliver und schaute Herman neugierig an.

Herman starrte nachdenklich ins Feuer und räusperte sich, bevor er zu Oliver hinübersah. "Ich nehme an, es ist verständlich, dass du neugierig darauf bist. Weißt du, dein Vater, deine Tante und ich sind hier zusammen auf diesem Anwesen aufgewachsen. Eigentlich sollte er mit mir nach Oxford gehen, aber als unsere Eltern unerwartet starben, entschied er sich, in die Vereinigten Staaten zu gehen und uns zurückzulassen. Ich glaube, es war der Schock über den Verlust unserer Eltern, der ihn dazu brachte. Er verlor sich in seiner Trauer und traf unerwartet Ihre Mutter, als er einen Kurs an der Universität in Los Angeles besuchte. Die beiden haben sich gut verstanden, und ich habe mehrmals versucht, den Kontakt zu ihm wieder aufzunehmen. Er war zu sehr mit seinem Leben beschäftigt und wollte nicht hierher zurückkehren. Nachdem er euch Jungs bekommen hatte, hörte er leider ganz auf, mit uns zu kommunizieren."

Jake und Oliver nickten verständnisvoll und sahen ihrem Onkel zu, wie das Feuer im Kamin knisterte.

"Tante Margaret, was machen du und Onkel Herman denn so? Verbringt ihr eure ganze Zeit hier auf dem Gut oder arbeitet ihr auch?" fragte Jake.

"Oh, ich war früher selbst Lehrerin. Abgesehen von meiner Tätigkeit als Lehrer habe ich hier und da einen Job bei der Regierung ausgeübt, der mein Interesse geweckt hat. Als wir erfuhren, was mit deinen Eltern passiert ist, habe ich meinen Job als Lehrerin aufgegeben. Ich habe das Geld ohnehin nie gebraucht, denn unsere Familie hat ein altes Vermögen, auf das wir uns verlassen können, und Einnahmen aus verschiedenen Immobilien, die wir vermieten. Ich werde mich auf deine Ausbildung konzentrieren, und du wirst deinen Unterricht bei mir nehmen", antwortete die Tante hochnäsig.

"Was mich betrifft, so bin ich Archäologe. Ich studiere alte Geschichte und versuche, historische Artefakte zu finden, damit wir die Welt und unsere Geschichte besser verstehen können. Ich bin nach unserem Großvater gekommen, der einer der führenden Ägyptologen seiner Zeit war", fügte ihr Onkel fröhlich hinzu.

"Ich werde auch mitkommen, um dir bei deinen Studien zu helfen, ich werde dir helfen, Hieroglyphen zu entziffern, da du viele von ihnen im Haus sehen wirst, und ich werde dir zeigen, wie du mit Antiquitäten umgehst, wenn du auf sie stößt."

Tante Margaret sah ihren Onkel verächtlich an und räusperte sich spitz: "Hm, Archäologe sagst du, Herman. Seltsam, ich kann mich nicht erinnern, irgendwo an diesen Wänden ein Archäologie-Diplom hängen gesehen zu haben oder an deiner Einberufung in Oxford teilgenommen zu haben."

"Na gut, ich habe meine Schulausbildung nicht beendet! Dass ich meine Ausbildung nicht beendet habe, ändert nichts an der Tatsache, dass ich Archäologe bin. Außerdem weigerten sich diese dummen Professoren, den von mir gefundenen Beweis anzuerkennen, dass Außerirdische an der Vertuschung der Atlantis-Katastrophe beteiligt waren!" antwortete Herman und wedelte aufgeregt mit den Händen.

"Wie wollen Sie uns helfen, Herman, wenn Sie nicht einmal einen abschluss oder eine Ausbildung haben? Ich meine, du kannst doch nicht ernsthaft glauben, dass wir glücklich sein werden, Geschichte und Wissenschaft von jemandem zu lernen, der kaum die High School abgeschlossen hat, geschweige denn eine höhere Ausbildung

"Margaret, du sollst wissen, dass ich der beste Kenner der Hieroglyphen und Ägyptens bin. Was mir an formaler Bildung fehlt, mache ich mit gesundem Menschenverstand und Straßenverstand mehr als wett." erwiderte Herman, offensichtlich von seiner Tante angestachelt, die sich sichtlich darüber amüsierte, ihn auf diese Weise anzustacheln.

"Nun gut, ich bin sicher, Sie sind ein Experte für Ihre Geschichte und so weiter. Wir werden dich beim Wort nehmen." erwiderte Margaret, die sich sichtlich über die Reaktion freute, die sie hervorgerufen hatte, und warf einen wissenden Blick auf die Jungen, die sich bemühten, bei dem Streit nicht zu kichern.

Sie wandte sich wieder an Jake und Oliver und fuhr fort. "Ihr werdet eure Schularbeiten bei mir machen, zusätzlich zu Englisch, Französisch, Griechisch und Latein werde ich euch Geschichte, Philosophie, die Klassiker, Politik und Staatsführung, Finanzen, Naturwissenschaften, Biologie und Physik lehren. Kein Mann in diesem Haus wird ohne eine ordentliche Ausbildung gehen, und ich erwarte von euch beiden, dass ihr euer Bestes gebt, ist das klar?"

Die Jungen nickten ihr ernsthaft zu.

"Ausgezeichnet, jetzt ist es schon spät. Ich möchte, dass ihr euch für heute Nacht zurückzieht und euch etwas ausruht. Der Unterricht beginnt morgen um Punkt 9:00 Uhr, und glaubt nicht, dass wir euch nach 7:30 Uhr schlafen lassen. "Damit stand Margaret auf und begann, die Jungen ins Bett zu führen. Sie umarmten ihren Onkel Herman und bedankten sich noch einmal bei Anita für das Abendessen, bevor sie sich die Zähne putzten und sich für die Nacht hinlegten. Als sie in ihre jeweiligen Betten kletterten, schweiften ihre Gedanken zur Zukunft mit ihren neuen Betreuern und ihrer Familie.

Unfähig, in dem ungewohnt großen Zimmer und dem großen Bett zu schlafen, schlich Oliver leise hinaus und öffnete die Tür seines Bruders

"Jake, bist du noch wach?"

Eine dumpfe, schläfrige Antwort kam von unten aus den Kissen: "Nein, was willst du?"

Oliver, ein wenig verlegen, sagte ängstlich: "Ich kann nicht schlafen, das Zimmer ist zu groß. Und beängstigend. Kann ich heute Nacht bei dir schlafen?"

Nach einer kurzen Pause antwortete Jake: "Gut, komm rein und mach die Tür zu."

Oliver huschte fröhlich zu Jake ins Bett und machte es sich neben seinem großen Bruder bequem.

"Vermisst du Mama und Papa auch?" fragte Oliver Jake und nagte nachdenklich an seiner Lippe.

Mit einem Seufzer antwortete Jake, während er seinen Bruder in den Arm nahm und ihn umarmte: "Ja, ich will. Und jetzt lass uns schlafen, es hört sich an, als hätte Tante Margaret mit ihrem geplanten Schulplan für uns in der Armee gesessen. Entweder ist sie die strengste Lehrerin, die ich je getroffen habe, oder es gibt noch etwas anderes in ihrem beruflichen Umfeld, von dem sie uns nichts erzählt. Ich glaube auch nicht, dass Onkel Herman etwas davon weiß."

Damit schliefen die beiden Jungen in ihrer ersten Nacht in ihrem neuen Zuhause bei ihrer neuen Familie ein.

Kapitel 2: Klassen und Ägypten Pläne

Der nächste Morgen war hell und warm - die Art von Frühlingstag, an dem die Jungen gerne aufwachten. In gewisser Weise bedeutete das Wetter einen Neuanfang für sie, und das helle Sonnenlicht, das in das Herrenhaus strömte, ermutigte sie, aufzustehen und ihren Tag zu beginnen. Jake und Oliver aßen ein herzhaftes Frühstück, für das Anita gesorgt hatte, und sahen sehr zufrieden aus, als die Jungen lautstark ihre Freude über das Essen zum Ausdruck brachten, und machten sich dann auf den Weg in die Stube, um mit dem Unterricht bei ihrer Tante zu beginnen.

Als die Jungen sich in dem geräumigen Zimmer niederließen, fanden sie zwei große, funktionelle Schreibtische mit Laptops, Notizblöcken, Stiften, Bleistiften und allen anderen zum Lernen notwendigen Dingen vor. Auf jedem Schreibtisch lag auch ein Stapel Arbeits- und Lehrbücher für die Jungen; Margaret hatte offensichtlich ihre Hausaufgaben gemacht, denn die Bücher waren auf die jeweilige Klassenstufe der Jungen abgestimmt. Am Kopfende des Raumes hatte sie einen Schreibtisch für sich selbst aufgestellt und eine große Projektionsfläche mit einem Whiteboard daneben errichtet.

Die Tante saß hinter dem Schreibtisch am Kopfende des Raumes, sah auf und lächelte zur Begrüßung. "Guten Morgen, Jungs! Setzt euch bitte an eure Tische, dann können wir den Tag beginnen."

Jake und Oliver waren begierig darauf, anzufangen, und ließen sich eifrig hinter ihren Schreibtischen auf feste, aber bequeme Sitze fallen. Sie blickten aufmerksam auf ihre Tante, die sich hinter ihrem Schreibtisch erhoben hatte und an die Tafel herantrat.

"Okay", begann sie, "wir werden heute etwas Ungewöhnliches tun. Ich muss herausfinden, wo ihr in eurer Ausbildung steht, und leider ist der beste Weg, dies zu tun, die Prüfung eines jeden von euch zu diesem Thema. Wir werden Ihre bisherigen Kenntnisse überprüfen, damit ich einschätzen kann, wo Sie stehen und worauf wir uns konzentrieren müssen."

Oliver und Jake tauschten besorgte Blicke aus und spürten, wie die Spannung zwischen ihnen zunahm, als sie zu verstehen begannen, dass ihre Tante ein ebenso strenger Zuchtmeister sein würde, wie Jake es vor dem Einschlafen am Abend zuvor erwartet hatte.

Margaret ging schnell zu jedem Jungen und ließ mit einem lauten Knall ein großes Bündel Papiere auf jeden Schreibtisch fallen.

"Also, ich möchte, dass wir mit Englisch beginnen. Die erste Arbeit in dem Bündel, das ich euch gegeben habe, ist eine Prüfung für eure Klassenstufe. Ich möchte, dass ihr sie in den nächsten dreißig Minuten ausfüllt. Sie können beginnen."

Die Jungen begannen mit ihrer Prüfung und verbrachten den Rest des Tages damit, mit Tante Margaret ihre bisherigen Kenntnisse zu überprüfen. Sie machten nur eine kurze Mittagspause, bevor sie ihre Prüfungen fortsetzten. In einigen Fällen stellte sie fest, dass eine Prüfung nicht notwendig war, da es unwahrscheinlich war, dass die Jungen die entsprechenden Fächer, wie Latein oder Griechisch, in ihrer früheren Schulzeit gelernt hatten.

Schließlich läutete die Uhr, die anzeigte, dass es jetzt 4 Uhr nachmittags war, und Margaret blickte auf und lächelte sie herzlich an: "Ausgezeichnete Arbeit heute, meine Herren! Ich werde Ihre letzte Prüfung heute Abend abschließen, aber ich bin zuversichtlich, dass Sie beide gut abgeschnitten haben werden. Bis jetzt kann ich sagen, dass Sie meine Erwartungen übertroffen haben, und wir können eindeutig vor der nächsten Prüfung lernen. Notenkurve für Sie beide. Wir machen für heute Schluss und ihr könnt euch vor dem Abendessen noch etwas ausruhen. Bitte seid um Punkt 17:30 Uhr wieder unten im Speisesaal."

***

Das Abendessen bestand aus gegrillten Lammkoteletts, gedünstetem Gemüse und frischem Salat mit einem leichten ZitronenvinaigretteDressing, um nicht vom Vorabend übertroffen zu werden. Anita hatte freundlicherweise auch für jeden von ihnen einen Teller für das Mittagessen am nächsten Tag vorbereitet.

Nach dem Essen entschuldigten sich Anita und Margaret und ließen die Jungen mit Herman allein im Esszimmer zurück. Herman holte ein Brettspiel namens Senet heraus, eine altägyptische Aktivität, und brachte Jake das Spiel bei. In der Zwischenzeit hatte sich Oliver mit einem Buch, das er in der Bibliothek gefunden hatte, auf der Couch zusammengerollt und war schnell vertieft.

"Onkel Herman?" sagte Jake plötzlich und blickte zu seinem Onkel auf, der konzentriert auf das Brettspiel konzentriert war.

"Jake! Sag bloß, du langweilst dich schon bei dem Spiel?" fragte Onkel Herman, hob eine fragende Augenbraue und deutete auf das Spielbrett.

Jake schüttelte den Kopf. "Nein, Sir. Es ist ein interessantes Spiel, und es macht mir Spaß, auch wenn die Regeln komplizierter sind, als ich erwartet hatte. Ich habe mich nur gefragt, ob Sie mir etwas über Ihre Arbeit erzählen könnten."

Hermans Gesichtsausdruck war von höflicher Neugierde geprägt, als Jake fortfuhr: "Sie haben uns gestern Abend erzählt, dass Sie Ägyptologe sind; ich hatte gehofft, Sie könnten mir mehr darüber erzählen, was Sie tun. Vor allem habe ich mich gefragt, was Sie dazu sagen würden. Was war Ihre Lieblingszeit in der Geschichte, um zu studieren?"

Herman lächelte freundlich. "Das ist eine ausgezeichnete Frage, junger Mann. Da ich mich sowohl als Ägyptologe als auch als Historiker betrachte, neige ich dazu, alle Epochen und Zivilisationen auf diesem Gebiet zu lieben, aber meine persönlichen Favoriten sind die Pharaonen des Alten Reiches. In dieser Zeit hat sich so viel getan, dass die Denkmäler und Hieroglyphen reich an Informationen sind. Ich finde das alles unglaublich faszinierend."

"Ich verstehe", antwortete Jake. "In meiner alten Schule hatten wir eine Einheit über ägyptische Geschichte. Unser Lehrer sagte, dass es viele Informationen über das Alte Reich gibt, da viele der Herrscher mit ihren Habseligkeiten und Aufzeichnungen begraben wurden. Was war das Interessanteste, das du bei deinen Studien über sie gelernt hast?"

Herman hielt inne, dachte über die Frage nach, während er das Spielbrett betrachtete, und zeigte schließlich auf eine der Figuren. "Diese Spielfigur ist das Symbol von Osiris, dem Gott des Jenseits."

Herman zeigte auf eine andere Spielfigur auf dem Brett. "Und das ist ein Symbol von Ra, dem Sonnengott und König der ägyptischen Götter."

"Es gibt so viele Dinge, die ich an Ägypten interessant finde, aber am faszinierendsten fand ich immer, dass die Götter eine so zentrale Rolle in der Entwicklung der Kultur und Gesellschaft spielten. Wir sehen das immer wieder in den Ursprüngen der verschiedenen Religionen, zum Beispiel bei den Griechen bei Helios und bei den Ägyptern bei Ra und Horus. Ich nehme an, es macht Sinn, denn es gab den Menschen Stabilität und den Glauben, dass die Götter sie beschützten und für sie sorgten, aber ich finde es immer noch faszinierend, da die ägyptischen Götter in fast allen Bereichen der Kultur eine besondere Rolle spielten."

Jake starrte seinen Onkel an, der noch lebhafter zu werden schien, wenn er über Ägypten und seine Götter sprach. "Du willst also sagen, dass die Götter einen großen Einfluss auf alles hatten?"

"Natürlich waren sie der Grund dafür, dass das ägyptische Reich über Tausende von Jahren so erfolgreich war. Sie glaubten, dass die Götter ihnen Macht verliehen, und dieser Glaube veranlasste die Pharaonen, große Risiken bei der Expansion ihres Reiches einzugehen und Mittel für den Bau ihrer Pyramiden und Monumente aufzuwenden."

Jake nickte. "Das macht Sinn, denn sie haben versucht, ihnen Opfergaben zu bringen, um die Aufmerksamkeit der Götter zu bekommen."

Herman lächelte aufgeregt. "Ganz genau. Die Götter waren die Grundlage für die Pyramidenbauer der damaligen Zeit."

Jake starrte auf die Tafel hinunter. "Es klingt fast so, als hätten die Götter die Pharaonen bei ihrer Expansion tatsächlich geleitet."

"Nun, in gewisser Weise mag das wahr sein." sagte Herman. "Die Religion der alten Ägypter war unglaublich vielfältig und komplex, und sie glaubten, dass die Götter ihnen direkt zuhörten und antworteten, wenn sie es verdienten oder eine Antwort verdienten. Die Pharaonen selbst wurden auch als Götter angesehen, obwohl sie nie die Macht eines Gottes erreichten, und manche glaubten, dass die Pharaonen sogar Zauberei betrieben."

"Wie meinst du das? In den Büchern, die wir gelesen haben, wirkten sie ziemlich mächtig."

"Die meisten Ägypter lebten ein Leben, das sich streng an die Lehren der Götter hielt. Sie befolgten die Gesetze des Landes, und wenn ein Pharao sich nicht daran hielt, wurde er gestürzt."

"Klingt ziemlich brutal", überlegte Jake.

"Ja, aber genau deshalb konnten sie sich so lange an der Macht halten, wie sie es taten. Die Pharaonen waren buchstäblich Götter auf Erden, und wenn sie sich nicht als solche verhielten, rebellierte ihr Volk gegen sie und stürzte sie."

"Ein solcher Pharao, der ungestraft handelte, war Sneferu. Er war der produktivste Pyramidenbauer seiner Zeit und errichtete während seiner Herrschaft drei große Pyramiden hintereinander. Wir wissen nicht genau, wie lange seine Herrschaft dauerte; einige Schätzungen gehen von vierundzwanzig bis achtundvierzig Jahren um das Jahr 2600 v. Chr. aus. Der Aufwand für den Bau von drei Pyramiden muss immens gewesen sein, und auch die Brutalität, mit der sie gebaut wurden, ist unvorstellbar."

"Was meinen Sie mit Brutalität?" fragte Jake, wobei sich Besorgnis in seinen Tonfall einschlich.

Herman seufzte, als er seinen Blick vom Spiel abwandte. "Sneferu war ein großer, aber schrecklicher Mann. Er wusste, dass er von den Göttern ein göttliches Recht auf die Herrschaft hatte, und behandelte seine Untertanen als entbehrliches Gut. Seine Armee eroberte Nachbarländer und versklavte die Gefangenen, die er für den Bau seiner Pyramiden erwarb. Als diese nicht mehr ausreichten, versklavte er sein eigenes Volk. Tausende starben

beim Bau der Pyramiden für Sneferus Ambitionen." "Das ist eine schreckliche Geschichte", sagte Jake traurig.

"Ja, das ist es." sagte Herman. "Die Pyramiden waren ein Zeugnis für Sneferus Größe, aber sie dienten auch als sein Grab im Tod. Angeblich liegt er in einer der Pyramiden begraben, aber niemand konnte sie bisher ausfindig machen. Die meisten Gräber des Alten Reiches wurden von Ägyptologen gefunden oder von Dieben geplündert, aber Sneferus Grab blieb unentdeckt, ein quälendes Rätsel für uns alle auf diesem Gebiet."

Jake rieb sich mit einer Hand über die Wange und dachte nach. Schließlich fragte er: "Hast du jemals danach gesucht, Onkel Herman?"

Herman schüttelte den Kopf. "Ich hatte nie das Gefühl, dass die Zeit reif ist für eine solche Expedition. Die Pyramiden sind jetzt eine Touristenfalle, und die Chance, über etwas so Sensibles zu stolpern, scheint unwahrscheinlich."

"Ich denke, du solltest es versuchen!" Jake sagte: "Du bist Archäologe. Sicherlich kannst du es würde nicht viel mehr als ein paar Wochen dauern, um sie mit konsequenter Anstrengung und solider Recherche zu finden."

Herman sah seinen Neffen verwirrt an und schüttelte lächelnd den Kopf. "Du erinnerst mich an deinen Vater, der immer bereit war, ohne Vorbereitung sofort in ein Abenteuer zu ziehen."

"Ich sag dir was, lass mich noch ein bisschen mehr graben und recherchieren. Wenn ich eine Spur finde, gehen wir vielleicht zusammen auf ein Abenteuer. Was haltet ihr davon?" sagte Herman und schaute sowohl Jake als auch Oliver an, der die beiden über sein Buch hinweg beobachtet hatte und von ihrem Gespräch fasziniert war.

Sowohl Jake als auch Oliver nickten eifrig, aufgeregt angesichts der Aussicht auf ein echtes Abenteuer in Ägypten mit ihrem Onkel.

Nach einer kurzen Diskussion darüber, was passieren würde, wenn Herman etwas finden würde, beschlossen sie, es vorerst dabei zu belassen und genossen weiterhin eine Runde Senet miteinander. Es würde noch eine Stunde dauern, bis sie alle müde von den Studien des Tages ins Bett gehen würden.

***

Margaret saß vor dem Wohnzimmer und hatte das Gespräch von Herman und Jake mitgehört. Beunruhigt dachte sie darüber nach, was sie über Sneferu und sein Grabmal wusste.

Wenn ihr Bruder sich für dieses Abenteuer entschied, musste sie mitkommen und für die Sicherheit der Jungen und Hermans sorgen. Herman war ein netter Mann, wenn auch manchmal etwas kindisch, dachte sie liebevoll, aber er hatte keine Ahnung von den Gefahren, denen sie in diesem Grabmal ausgesetzt sein würden. Sneferu war kein normaler Pharao, und Herman hatte Recht gehabt, als er sagte, dass er war äußerst brutal. Herman war sich nur nicht bewusst, wie brutal und verdreht der Pharao wirklich gewesen war.

Sie beschloss, sie zu begleiten, und notierte sich in Gedanken, dass sie dies am nächsten Morgen im Hauptquartier melden würde. Sie mussten darauf vorbereitet sein, was passieren könnte, wenn Herman die verfluchte Gruft fand und das Böse, das darin seit Jahrtausenden ruhte, störte. Abgesehen davon war es unwahrscheinlich, dass ihr Bruder diesen Plan in die Tat umsetzte, da er sich leicht ablenken ließ und dazu neigte, von einer Besessenheit zur nächsten zu wechseln.

Margaret begnügte sich mit diesem Gedanken und ging mit einem Lächeln im Gesicht durch die Tür und gesellte sich zu den Jungen und ihrem Bruder ins Wohnzimmer. Sie tat so, als wüsste sie nicht, worüber sie zuvor gesprochen hatten, und tat überrascht, als Jake aufgeregt mit ihr darüber sprach.

***

Schon bald vermischten sich die Tage, und die Jungen nahmen regelmäßig am Unterricht bei Tante Margaret teil. Gelegentlich schaute auch Onkel Herman vorbei, um ihnen von seinen vielen Heldentaten in den Gräbern zu berichten und ihnen beizubringen, wie man Hieroglyphen entziffert. Oliver lernte recht schnell, während Jake die Übersetzung der Symbole noch nicht ganz verstand. Margaret war sehr zufrieden mit ihren Fortschritten, denn die Jungen arbeiteten sich durch ihre Arbeitsbücher und verlangten ständig nach neuen Herausforderungen.

Sobald sie fragten, kam sie ihnen gerne entgegen und vertiefte sich in bereiche, die sie eigentlich gar nicht unterrichten wollte, mit einer fast schon alarmierenden Geschwindigkeit. Sie erforschten antike Kulturen wie die

Phönizier und Babylonier, erstellten Modelle von großen Monumenten wie den Hängenden Gärten von Babylon und lernten lange verschollene Sprachen. Die Jungen hatten einen unersättlichen Appetit auf alles Antike, und das amüsierte ihren Onkel Herman, der lauthals verkündete, dass es der Familie offensichtlich im Blut liege, Entdecker und Abenteurer zu sein.

Wenn er nicht gerade bei ihren Studien half, war Herman unterwegs, um verschiedene seiner Kontakte zu besuchen und nach weiteren Hinweisen zu suchen. Einer dieser Freunde, Professor Fisker, ein Kollege Hermans an der Columbia University, hatte kürzlich einige neu entdeckte antike Ruinen in Ägypten entdeckt und bot Herman an, ihm die Stätte zu zeigen, wenn er sie besuchen würde. Herman nahm das Angebot gerne an, den Professor in Ägypten zu besuchen und zusätzlich zu seiner versprochenen Suche nach dem Grab von Sneferu einige Zeit mit den Jungen in dem Land zu verbringen.

Wenn er nicht gerade Freunde besuchte, ging Herman in das British Museum in London. Aufgrund seines Ansehens als Archäologe und einiger Funde, die er im Laufe seiner Karriere entdeckt hatte, gewährte ihm der Kurator gerne Zugang zu den umfangreichen Archiven des Museums. Dort durchstöberte er die Tiefen der Archive und suchte hungrig nach weiteren Hinweisen auf Sneferu oder wie er das Grab finden könnte. Er fand viele unvollständige Hinweise, aber nichts Konkretes. Er versuchte, das ständige Gefühl zu ignorieren, etwas Unerledigtes zu tun, das ihn immer wieder in die Bibliothek zurückgehen ließ, obwohl er genau wusste, dass er mit leeren Händen dastehen würde. Doch Hermans Herz hatte ihn dazu gebracht, dieses schwer fassbare Grabmal zu suchen, um die darin verborgenen Geheimnisse zu entdecken.

Hermans Liebe zum Abenteuer und zum Unbekannten machte die Jungen noch neugieriger, und sie begleiteten Herman oft bei seinen Nachforschungen in den Archiven. Sein Enthusiasmus und sein Wissensdurst steckten auch sie an, und sie verbrachten an den Wochenenden oft Stunden damit, die Archive und das Museum zu erkunden und die ausgestellten Artefakte zu betrachten.

***

An einem dieser Samstage waren Jake, Oliver und Onkel Herman im Britischen Museum und suchten wieder einmal nach Hinweisen oder Spuren.

Jake hatte sich gelangweilt, denn er war noch nie ein Büchernarr gewesen, und war entschuldigt worden, um das Museum weiter zu erkunden. Jake schlenderte zwischen den Exponaten umher und sah sich verschiedene Antiquitäten und Artefakte an, die er faszinierend fand. Besonders gut gefiel ihm der römische Flügel, der ihm zeigte, wie es gewesen wäre, im alten Rom zu leben. Er konnte sich gut vorstellen, als gepanzerter Soldat zu leben und dabei zu helfen, den Ruhm Roms zu schützen.

Als Jake ziellos durch das Museum schlenderte und sich die Ausstellungsstücke ansah, stellte er fest, dass er in einen bisher unerforschten Bereich des Museums gelangt war, in dem die griechische und lykische Kultur gezeigt wurde. Die Galerie war voll mit Skulpturen und verschiedenen Schriftrollen, darunter ein Originalmanuskript von Platon, das in Athen gefunden worden war.

Aufgeregt schaute sich Jake die ausgestellten griechischen Schriftrollen mit Wissen und Weisheit an und stellte fest, dass seine Griechischstunden bei Tante Margaret sich als nützlich erwiesen, da er die Schriften übersetzen konnte. Als er auf eine alte Schriftrolle stieß, die in einer Vitrine versteckt und vernachlässigt war, bemerkte Jake eine Zeile, die er nicht verstand, und ein Name stach im Text hervor, der nicht griechisch aussah: Kssφśpoυ.

Jake holte ein Stück Papier und einen Stift aus seiner Tasche und begann, die Zeichen in der Textzeile zu übersetzen, an der er festhielt, wie seine Tante es im Unterricht vorgeschlagen hatte. Das Wort in der Zeile war nicht griechisch und er hatte es nicht von Margaret gelernt, also brach er es alphabetisch auf.

Erschrocken blickte Jake auf das Papier und las die Übersetzung der Zeile, mit der er sich schwer getan hatte: "Hier liegt Sneferu, Pyramidenbauer und Tyrann von Ägypten." Seine Augen weiteten sich, als er den Hinweis auf Sneferu sah, und er schaute sich schnell im Raum um, weil er sich fragte, wie eine Schriftrolle, die sich auf das Grab des Pharaos bezog, an einem solchen Ort liegen konnte.

Er ließ seinen Stift fallen und rannte zum Archiv, um es seinem Onkel

Herman zu zeigen. Er wurde erst langsamer, als er an einem Wachmann vorbeikam, der ihm einen vorwurfsvollen Blick zuwarf, weil er durch das Museum rannte.

***

Herman schritt schnell durch das Britische Museum, Jake und Oliver dicht auf den Fersen, auf dem Weg zu der Schriftrolle, die Jake übersetzt hatte.

Als er die Vitrine erreichte, begann er die Schriftzeichen zu lesen und übersetzte sie wütend in ein kleines Notizbuch, das er im Archiv benutzt hatte. Als er mit der Übersetzung der Schriftrolle fertig war, rief Herman triumphierend, während er in der Mitte der Galerie ein fröhliches Tänzchen vollführte, was mehr als nur ein paar verwirrte Blicke der Passanten auf sich zog.

"Das ist es; du hast es gefunden! Bei Gott, du hast es gefunden! Ich kann es nicht glauben, aber dies ist ein Leitfaden der alten Griechen, um Sneferus Grab zu erreichen. Er besagt, dass wir uns zu einem Tempelkomplex in Theben begeben und von dort aus die Inschriften an einer Wand in einer versteckten Kammer deuten sollen. Diese Kammer enthält die Wegbeschreibung zu Sneferus letzter Ruhestätte."

Er hielt inne, sah die beiden Jungen an und grinste. "Ich wette, ihr seid jetzt aufgeregt, oder?"

Beide Jungen nickten aufgeregt, während Herman lachte und Jake auf die Schulter klopfte. "Gut gemacht, mein Junge; wir werden in Kürze einen Abenteurer aus dir machen!

"Jetzt müssen wir nur noch nach Hause gehen, unsere Angelegenheiten in Ordnung bringen und dann müssen wir unser Flugzeug erreichen!" fügte Herman hinzu und winkte den Jungen, ihm zu folgen, während er sich auf den Weg zurück zum Parkplatz und ihrem schwerfälligen Range Rover machte in seiner Aufregung joggen.

48

Kapitel 3: Ägypten Gebunden

Herman freute sich wie ein Schuljunge über die Aussicht, mit den Jungen nach Ägypten zu fahren, und er konnte es kaum erwarten, seiner Schwester Margaret die aufregende Entdeckung des Tages mitzuteilen. Nachdem Margaret ihn jahrelang ermahnt hatte, dass er sich auf einem Irrweg befand, war Herman ganz aufgeregt bei dem Gedanken, es seiner Schwester unter die Nase zu reiben. Obwohl Herman seine Schwester Margaret sehr liebte, musste er feststellen, dass er nur allzu oft im Unrecht war und sie immer Recht hatte.

Herman lud die Jungen schnell in den Range Rover und manövrierte das schwerfällige Fahrzeug problemlos in den Verkehr. Er fing an, den anderen Fahrern den Weg abzuschneiden und ignorierte das Hupen, die Empörungsschreie und die verschiedenen unhöflichen Gesten in seine Richtung. Ihre Proteste stießen auf taube Ohren; Herman schwebte auf Wolke sieben und bemerkte es kaum. Auch die Jungen waren zu aufgeregt, um aufzupassen, und plapperten auf dem Rücksitz aufgeregt über ihre Entdeckung.

"Onkel Herman, was glaubst du, auf welche Tempelanlage in Theben sich die Schriftrolle bezog?" fragte Jake. "Es gibt so viele davon", fuhr er aufgeregt fort.

"Das kann ich nicht sagen", antwortete Herman beiläufig, "aber es könnte alles sein von Abydos bis Abu Simbel, und das ist nur in Theben."

"Andererseits erwähnte Professor Fisker, dass es dort eine bisher unentdeckte Tempelanlage gibt, die er gerade ausgegraben hat. Es würde mich nicht überraschen zu erfahren, dass dies der Tempel ist, auf den sich die

Schriftrolle bezieht, was erklären würde, warum niemand sonst die Stätte gefunden hat!"

Hermans Stimme verstummte, als er über die Möglichkeiten nachdachte. Wenn seine Hypothese richtig war, könnte dies die größte archäologische Entdeckung des Jahrhunderts sein. Plötzlich wurde er aus seinen Gedanken gerissen, als er hinter sich das schrille Heulen einer Sirene hörte. Er blickte in den Rückspiegel und stöhnte auf, als er die blinkenden Lichter eines Polizeiautos direkt hinter sich sah.

Herman fuhr schnell an den Straßenrand und drehte sich zu den Jungen um, bevor der Beamte sich dem Range Rover nähern konnte.

"Jungs, ihr müsst mir einen Gefallen tun, und wenn ihr mir helft, kann ich euch heute Abend eine extra Kugel Eis zum Nachtisch garantieren. Alles, was ihr tun müsst, ist zu weinen und darum zu bitten, nach Hause gehen zu dürfen, wenn der Polizist sich dem Auto nähert, okay? So laut du kannst."

Beide Jungen nickten ihrem Onkel zu, wobei Oliver besonders gespannt auf die versprochene Belohnung in Form von Eiscreme war.

Als sich der Beamte dem Fahrzeug näherte, begannen die beiden Jungen lauthals zu schreien. Der Beamte erreichte das Fahrzeug, und Herman begrüßte ihn schnell und entschuldigte sich für den Lärm der Jungen.

"Was haben die beiden vor?", fragte der Polizist mit finsterer Miene, als Herman sein Fenster herunterkurbelte und er die Jungen weinen hörte.

Herman schaute den Polizisten entschuldigend an und antwortete höflich: "Tut mir leid, Herr Polizist, sie hatten einen harten Tag, und wir waren gerade auf dem Heimweg von der Schule einen Tag in London. Ich habe ihnen vielleicht gesagt, dass sie vor dem Abendessen kein Eis essen dürfen, und das hat ihnen nicht so gut gefallen. Jetzt tun sie das, was mich zugegebenermaßen etwas von der Straße abgelenkt hat. Darf ich fragen, warum Sie mich aufgehalten haben?"

Der Beamte nickte Herman wissend zu und kicherte: "Ah, das gleiche Problem habe ich zu Hause mit meinen beiden Kleinen. Ich und meine Frau geben fast immer nach, weil wir es nicht aushalten. Wissen Sie was, machen Sie sich keine Sorgen, dass ich Sie aufhalte. Bringen Sie die beiden einfach sicher nach Hause und versuchen Sie, das nächste Mal nicht das doppelte

Limit zu überschreiten, ja?"

"Ich werde mein Bestes tun", sagte Herman feierlich.

"Oh, und versuch auch, die Kinder heute Abend bei Laune zu halten, ja? Ich möchte diese traurigen Gesichter morgen nicht sehen." Mit einem Augenzwinkern machte sich der Beamte auf den Weg zurück zu seinem Auto, und Herman und die Jungs fuhren zurück auf die Hauptstraße und beschleunigten langsam, bis das Fahrzeug des Polizisten nicht mehr in Sicht war.

Als Herman in den Rückspiegel schaute und die nun schweigenden Kinder sah, begann er zu lachen.

"Wenn ich für die Preisverleihungen zuständig wäre, würde ich Ihnen beiden einen Preis für den besten Schauspieler verleihen. Dafür habt ihr euch nach dem Essen zwei Kugeln Eiscreme verdient."

Jake und Oliver jubelten und klatschten sich gegenseitig ab, bevor sie sich auf ihre Sitze setzten und die lange Heimfahrt antraten.

Als sie zu Hause ankamen, liefen die Jungen schnell ihrem Onkel Herman voraus und erzählten Tante Margaret und Anita aufgeregt von ihren Abenteuern des Tages. Herman sah enttäuscht aus, als er feststellte, dass er die Gelegenheit verpasst hatte, seiner Schwester alles zu zeigen. Er hatte sich so darauf gefreut, sagen zu können: "Ich hab's dir ja gesagt", aber dazu kam es nicht mehr, nachdem die Jungs es ausgeplaudert hatten. Herman wusste, dass er sich nicht mit seiner Schwester streiten sollte, denn sie war eine Macht, mit der man rechnen musste, und die Geschichten der Jungen über ihren lustigen Tag waren einfach zu verlockend, um sie sich entgehen zu lassen.

Für den Rest des Abends konnte Herman sich nicht mehr zurückhalten, sich zu brüsten und selbstgefällig zu wissen, dass er die ganze Zeit Recht gehabt hatte, selbst als die Zweifler sagten, Sneferus Grab sei nichts weiter als ein Mythos. Er spürte bereits die Anerkennung, die ihm bald zuteil werden würde, sobald sein Name in den Schlagzeilen auftauchte. Immerhin hatte er das letzte Mal, als er beruflich mit einer Sache richtig gelegen hatte, weltweit Schlagzeilen gemacht.

Nachdem die Familie zu Abend gegessen hatte und die Jungen wie versprochen ihre doppelte Portion Eis b e k o m m e n h a t t e n , setzten sich Herman und Margaret hin und begannen mit den Vorbereitungen für die Reise. Es hatte viel Überzeugungsarbeit gekostet, aber nach einigem Hin und Her hatte seine Schwester Herman schließlich davon überzeugt, dass sie sie nach Ägypten begleiten würde. Sie hatte darauf bestanden, dass sie die Jungs begleiten würde, um ihre Ausbildung nicht zu vernachlässigen.

Herman war sich nicht ganz sicher, ob er die Logik seiner Schwester verstand, denn die Jungen hatten bewiesen, dass sie schnell lernten. Außerdem war er persönlich der Meinung, dass die Jungen ihren Altersgenossen so weit voraus waren, dass eine kurze Reise nach Ägypten ohne Studium ihnen gut tun würde, da sie seit ihrer Ankunft in England hart gearbeitet hatten und eine Pause brauchten. Hätte er einen Moment darüber nachgedacht, wäre ihm vielleicht auch aufgefallen, wie ungewöhnlich es war, dass seine Schwester ihn auf eine dieser

Expeditionen begleitete, denn sie hatte noch nie ein Interesse an einer seiner früheren Reisen gezeigt. Er hatte jedoch nicht die Energie gehabt, die Debatte mit ihr fortzusetzen, ob sie mitkommen würde, und hatte schnell zugesagt.

Während des Abendessens hatte Oliver Anita zahlreiche Versprechen entlockt, dass sie sich um seine Hausmaus Fromage kümmern und dafür sorgen würde, dass er sein tägliches Leckerli in Form von Käse erhält. Anita hatte feierlich versprochen, auf Fromage aufzupassen und ihn so zu behandeln, als wäre er ihr eigener, während Oliver in Ägypten war.

Als alles geklärt war, begannen die beiden, Buchungen vorzunehmen, Listen mit den benötigten Vorräten zu erstellen und den vor ihnen liegenden Weg zu ebnen, um sicherzustellen, dass alles, was sie brauchen würden, verfügbar und einsatzbereit war.

***

Früh am nächsten Morgen hatten sie alles in den Range Rover geladen und waren zum Flughafen gefahren. Zur Überraschung der Jungen folgten sie nicht der vertrauten Route, die sie bei ihrer Ankunft genommen hatten, sondern Herman fuhr sie zu einem kleineren Flughafen als dem größeren, den sie zuvor angeflogen hatten, nämlich London Heathrow. Als sie am öffentlichen Terminal vorbeikamen, konnte Jake sehen, dass der Flughafen Cambridge City Airport hieß.

Herman hielt direkt vor der privaten Metallhalle, nachdem er dem Sicherheitspersonal die Pässe der Familie vorgelegt hatte. Die Jungen sprangen eifrig aus dem Fahrzeug, nachdem ihr Onkel es geparkt hatte. Ihr Onkel ging zu den großen Aluminiumtüren und zog sie auf, so dass ein glatter, weiß glänzender Privatjet zum Vorschein kam. Im Inneren begrüßten ihn mehrere Arbeiter, die daran arbeiteten, den Jet aufzutanken und ihn startklar zu machen. Auf der Vorderseite des Flugzeugs war der Name Celine direkt unter der Cockpit-Windschutzscheibe handgemalt worden. Die

Beschriftung weiter hinten am Rumpf des Jets wies darauf hin, dass es sich um eine Dassault Falcon 7X handelte.

"Jungs, ich möchte euch Celine vorstellen. Sie ist schon länger mein zuverlässiges Pferd im Himmel, als ihr beide lebt, und hat eure Tante und mich durch die Welt geführt mehr als ich zählen kann. Jetzt kann sie dich auf die Liste ihrer Passagiere setzen", rief ihr Onkel und legte eine liebevolle Hand auf den Jet, während er die Tür und die Treppe öffnete, die automatisch nach unten führte.

"Abgefahren!", riefen die beiden Jungen unisono und rannten die Treppe des Jets hinauf, um ins Innere zu klettern, wo sie eine plüschige Innenausstattung, einen Waschraum und ein Schlafzimmer in voller Größe sowie die üblichen Annehmlichkeiten erwarteten. Sie konnten sofort sehen, dass das Flugzeug mit der fortschrittlichsten Technologie ausgestattet war, die sie je gesehen hatten, denn das Flugdeck war mit hochauflösenden Bildschirmen und visuellen Overlays über den Fenstern für die Piloten ausgestattet. Das Cockpit selbst schien nahtlos mit dem Innenraum zu verschmelzen, und es wäre schwer zu sagen gewesen, wo der Pilotensitz endete und die umgebende Kabine begann, hätte es nicht eine Tür gegeben, die geschlossen werden konnte, um das Cockpit vom Rest der geräumigen Kabine abzuschotten.

Im Inneren des Flugzeugs nahmen die Jungen Platz und warteten gespannt auf den Start. Ihre Aufregung stieg, als sie sahen, wie ihr Onkel und ihre Tante ins Cockpit gingen, um mit den Vorflugkontrollen zu beginnen.

Oliver bemerkte etwas und fragte Herman schnell aus, während er im Cockpit arbeitete. "Onkel Herman, warum heißt das Flugzeug Celine?"

Herman blieb abrupt stehen. "Na ja, das ist der Name einer alten Freundin, die ich mal getroffen habe", grinste er frech und wurde rot.

"Wo ist sie jetzt?" fragte Jake.

"Leider haben sie und ich uns vor Jahren zerstritten, aber ihr Name bleibt auf diesem Flugzeug als Erinnerung an unsere gemeinsame Zeit."Erwiderte Herman und nahm seine Arbeit im Cockpit wieder auf.

"Moment, wo sind die Piloten?" fragte Oliver, der plötzlich feststellte, dass niemand sonst im Flugzeug war.

Ihr Onkel drehte sich um und sah seine Neffen an, während er die letzten Kontrollen durchführte und sich darauf vorbereitete, die Motoren zu starten: "Wir wollen euch doch nicht warten lassen, oder? Ich fürchte, wir müssen es selbst fliegen!" Er lachte herzhaft.

Margaret klopfte Herman freundlich auf die Schulter: "Sei still, du wirst sie erschrecken! Keine Sorge, dein Onkel und ich sind beide voll ausgebildete Piloten. Mit uns am Steuer hast du nichts zu befürchten."

Herman winkte ab, immer noch grinsend über den Scherz, den er sich gerade erlaubt hatte. Nachdem er die letzten Kontrollen vor dem Flug durchgeführt hatte, ging Margaret zur Treppe und hob sie hoch, bevor sie die Tür schloss und die Luke für den Start versiegelte. Als die beiden Triebwerke ansprangen, hörten sie ihren Onkel aus dem Cockpit sprechen.

"Okay, ihr zwei, es wird Zeit, sich anzuschnallen. Wir wollen doch nicht, dass ihr rausfallt", scherzte er, während Margaret den Jungs beim Anschnallen half und sich vergewisserte, dass sie es auf ihren Sitzen bequem hatten.

Nachdem sie sich vergewissert hatte, dass ihre Neffen sicher in ihren Sitzen saßen, machte sie sich auf den Weg zurück ins Cockpit und setzte sich auf den Sitz des Kopiloten. Sie vergewisserte sich, dass die Sicherheitsgurte fest verschlossen waren und setzte sich das Headset auf. Herman ging zur Steuerkonsole und begann, Schalter umzulegen und Knöpfe zu drücken, um die verschiedenen Systeme im Flugzeug zu aktivieren. Innerhalb weniger

Augenblicke bewegte sich das Flugzeug aus dem Hangar heraus, während es von einem Bodenfahrzeug auf das Rollfeld geschleppt wurde. Die Jungen hörten, wie ihr Onkel mit dem Tower der Flugsicherung sprach.

"Celine an Flugsicherung; Privatflugzeug G-EGPT erbittet sofortige Startfreigabe und Anweisungen für den Start".

Als er das Rufzeichen des Flugzeugs seines Onkels hörte, bestätigte der Towerlotse den Flug und gab ihm die notwendigen Anweisungen für einen sicheren Start.

"Privatflugzeug G-EGPT bereit zum Rollen zur Piste 28L, Freigabe zum Rollweg", meldete der Towerlotse mit schneller und geübter Stimme.

Während Herman den Anweisungen aufmerksam zuhörte und den Empfang bestätigte, begann Margaret, den Jet auf die Rollbahn zu lenken, um die Landebahn 28L anzufliegen.

Als die schnittige weiße Falcon mühelos die Rollbahn hinunterglitt, waren die Jungen erstaunt über die Geschmeidigkeit des Flugzeugs, und erst als die Triebwerke wieder hochdrehten und der Jet anfing, vorwärts zu rollen, wurde ihnen klar, wie viel anders es war, mit einem Privatjet zu fliegen als mit einem Verkehrsflugzeug. Als sie an die Sicherheitskontrolle beim Verlassen Kaliforniens zurückdachten, dachten sie daran, wie viel einfacher das hier war, und als Herman sie durch die Wolken und höher in den Himmel über der Stadt flog, wurde ihnen schnell klar, wie viel schneller das Flugzeug auch war.

"Wow" war alles, was Jake sagen konnte, der immer noch staunte, als sie ihren Aufstieg fortsetzten.

Die Jungen blickten durch das Fenster auf eine Luftaufnahme von London, die jedoch schnell wieder verschwand, als der Jet schnell durch die Luft stieg, bevor er sich einige Minuten später wieder stabilisierte.

Ihr Onkel schnallte sich vom Pilotensitz ab und überließ Margaret die Kontrolle über das Flugzeug. Er ging zurück zu den Jungen und setzte sich ihnen gegenüber auf eines der Sofas in der Kabine.

"Nun Jungs, wir sind auf dem Weg. In fünf Stunden werden wir in Kairo landen. Dann können wir uns auf die Suche nach dem Pharao machen!"

Jake und Oliver sahen sich an und grinsten ekstatisch, weil sie sich freuten, dass ihr Abenteuer nun begann.

***

Nach einem ereignislosen Flug, während dessen sich die Jungen aufgeregt fragten, was sie sich unter der Reise vorstellten, kamen sie in Kairo auf dem Flughafen Sphinx an. Auf dem Flughafen herrschte reges Treiben, und als die Familie das Terminal verließ, wurden sie von einer Reihe lokaler Verkäufer angesprochen, die Transport, Führungen und andere Dinge anboten, die sie benötigen könnten. Während die Jungen fasziniert waren und sich leicht von den verschiedenen bunt gekleideten Fremden ablenken ließen, die auf sie zukamen, begann ihr Onkel sofort, sich über die Aufmerksamkeit zu beschweren, die ihnen zuteil wurde.

Herman lehnte die lärmenden Händler höflich ab und trieb die Jungen und seine Schwester von der Menge weg zu einem staubigen weißen Toyota Land Cruiser aus den frühen 1980er Jahren, der vor dem Flughafeneingang geparkt war. An der Seite des Fahrzeugs lehnte ein kleiner, runder Mann in einem dunkelbraunen Stoffmantel mit einer großen goldenen Kette um den Hals, der grinste und über Hermans sichtbares Unbehagen lachte.

"Muhammad, wir beide wissen, dass du ihnen hättest sagen können, dass sie uns in Ruhe lassen sollen, und doch finde ich dich hier, wie du mich anlächelst und auslachst!" sagte Herman und näherte sich dem Mann mit vor Frustration gerunzelten Augenbrauen.

"Nun, Herr Herman, Sie wissen, dass ich nicht anders kann! Außerdem muss jeder die Freuden der ägyptischen Gastfreundschaft erleben, sobald er auf unserem wunderbaren Flughafen ankommt", antwortete der Mann und versuchte, stoisch zu bleiben, bevor er aufgab und lachte. Er streckte seine Hand aus, um Herman die Hand zu schütteln, und Herman merkte bald, dass seine Hand von dem starken Griff des Mannes erdrückt wurde.

"Ich nehme an, dass ich mich inzwischen daran gewöhnt habe, dass du so etwas tust. Trotzdem ist es albern, wenn man bedenkt, dass der

Flughafen nirgendwo sonst in der Nähe ist und diese Einheimischen hier jeden Besucher, der ins Land kommt, ansprechen", sagte Herman brummte er zurück.

"Muhammad, darf ich dir meine Neffen und meine Schwester vorstellen", sagte Herman und deutete auf Jake, Oliver und Margaret.

Herman stellte jedes Mitglied der Gruppe vor, wobei Mohammed die Jungen laut und fröhlich begrüßte und Margaret respektvoll anerkannte.

"Nun denn, lasst uns gehen, bevor uns noch jemand etwas verkaufen will. Muhammad, du hast doch den üblichen Platz gebucht, oder?" fragte Herman und sah Mohammed eindringlich an, als er die Beifahrertür des Land Cruiser öffnete.

"Natürlich sollte ich inzwischen wissen, wo Sie gerne wohnen, Herr Herman", antwortete Mohammed, winkte die Jungen in den hinteren Teil des Fahrzeugs und hielt Margaret die Tür auf.

Nachdem sie und ihr Gepäck in das Fahrzeug geladen worden waren, sprang Muhammad schnell auf den Fahrersitz und startete den Land Cruiser. Er fügte sich in den Verkehr ein und schnitt dabei zahlreiche andere Fahrzeuge ab. Dann schaltete er das Radio ein, aus dem arabische Popsongs ertönten.

"Meine Güte, das wird ein langer Tag werden. Ich brauche eine Tasse Tee, wenn wir im Hotel ankommen", murmelte Margaret leise vor sich hin, während sie Muhammad bei der Fahrt beobachtete. Sie hatte bereits begonnen, sich zu fächeln, da sie in ihrer schweren Kleidung durch die ägyptische Hitze stark schwitzte. Oliver hörte sie, lächelte wissend und kicherte amüsiert vor sich hin.

⁕

Nach einer beschwerlichen Fahrt in einem Fahrzeug, das von einem Fahrer gelenkt wurde, der noch furchteinflößender war als ihr Onkel, waren sie in ihrem Hotel im Kairoer Stadtteil Zamalek angekommen und verließen schnell das Fahrzeug, dankbar, in Sicherheit zu sein. Nach dem Einchecken beim Concierge, der sie freundlich in Ägypten willkommen hieß, hatte ihr Onkel ihnen die Zimmerschlüssel ausgehändigt und sie zu ihrem eigenen Hotelzimmer geführt. Es grenzte an die Zimmer an, die er und ihre Tante bewohnten.

Die beiden Jungen richteten sich in dem komfortablen und gut ausgestatteten Zimmer ein, packten ihre persönlichen Sachen aus und duschten sich schnell, um sich nach ihrem Reisetag frisch zu machen. Danach klopften sie an die Tür ihres Onkels, der sie mit einem Lächeln öffnete und hineinführte.

"Onkel Herman, können wir jetzt suchen gehen?" fragte Jake eifrig und hoffte, dass sie sofort mit der Suche nach dem Grab beginnen würden.

"Oh nein, meine Jungs, zuerst müssen wir uns einrichten und ausruhen, und dann muss ich eine Mannschaft zusammenstellen. Wir brauchen einen Führer, einige Wachen, einige Arbeiter und verschiedene andere Männer. Außerdem möchte ich mir das Museum hier in der Stadt ansehen; der Kurator ist ein alter Freund und hat vielleicht noch ein paar zusätzliche Informationen." sagte Herman und sah zu den Jungen hinunter, die niedergeschlagen aussahen, als sie hörten, dass sie heute nicht auf Erkundungstour gehen würden.

"Hört mal, warum geht ihr zwei nicht auf den Markt vor dem Hotel? Muhammad hat gesagt, dass er absolut sicher ist, und er hat auch seinen beiden Söhnen Ali und Nakia gesagt, dass sie auf euch aufpassen sollen. Sie sind etwa in eurem Alter und halten sich normalerweise auf dem Markt in der Nähe der Wasserpfeifen-Bar auf. Während du das tust, werde ich ins Museum gehen und mich bei meinem Freund, dem Kurator, melden! "

"Wir lassen deine Tante Margaret erst einmal in Ruhe; sie braucht immer eine Pause nach einem Flugtag. Ich bin heute Abend um 18 Uhr zurück, und dann können wir alle zusammen zu Abend essen". schlug Herman fröhlich vor, während er jedem von ihnen eine Handvoll Landeswährung überreichte, die er immer dabei hatte, und die Jungen eilten aufgeregt in Richtung Lobby. Herman sah ihnen lachend hinterher, denn er wusste, was es war wie an einem aufregenden, weit entfernten Ort zu sein, wo das Geld in der Tasche brennt.

***

Die beiden Jungen befanden sich im Paradies, als sie sich auf dem Marktplatz bewegten. Verschiedene bunt gekleidete Händler boten ihre Waren auf farbenfrohen Karren an, während andere ihre Stände in geordneten Reihen aufstellten. Es gab haufenweise Nüsse, getrocknete Früchte, frisches Fleisch, bunte Stoffe und sogar seltsame geschnitzte Tierfiguren aus Holz.

Jake und Oliver hatten das Geld, das ihr Onkel ihnen gegeben hatte, bald für verschiedene Andenken und Süßigkeiten ausgegeben. Sie genossen es, eine Vielzahl von Lebensmitteln zu probieren, die sie noch nie zuvor gesehen hatten, obwohl sie sich beide einig waren, dass das scharfe Fleisch zu scharf war und die Mühe nicht wert war. Sie aßen sich noch immer durch eine riesige Auswahl an exotischen Speisen, als Jake aus dem Augenwinkel heraus zwei Jungen bemerkte, die etwa in ihrem Alter zu sein schienen.

Als er ihnen zuwinkte, erregte er ihre Aufmerksamkeit, und sie schlenderten herbei.

"Entschuldigung, seid ihr Ali und Nakia?" fragte Jake.

"Ja, das sind wir. Ich nehme an, ihr seid die Jake und Oliver, nach denen unser Vater heute Ausschau halten wollte", antwortete der ältere Junge und grinste sie an.

"Woher kommst du?", fragte der Junge.

Oliver antwortete: "Wir sind heute Morgen aus London eingeflogen", und fügte dann grinsend hinzu: "Wir waren noch nie in Ägypten!"

"Wow, willkommen in unserem Land", antwortete der ältere Junge, bevor er fortfuhr: "Ich bin Ali".

"Und ich bin Nakia", meldete sich der jüngere Junge lautstark zu Wort und sah irritiert aus, dass sein älterer Bruder ihn bisher aus dem Gespräch ausgeschlossen hatte.

Die vier plauderten fröhlich weiter, tauschten Notizen aus und besprachen die Dinge, die sie bisher unternommen hatten (wobei die Einheimischen Vorschläge für Besichtigungen machten), und stellten bald fest, dass sie sich gut verstanden. Ali und Nakia führten sie durch ihren Markt, zeigten ihnen ihre Lieblingsplätze und -beschäftigungen und stellten ihnen einige ihrer Freunde vor. Es war leicht, ihnen zu folgen, da die meisten Geschäfte nachmittags geschlossen waren, während an den Essensständen und in den Teeläden immer etwas los war.

Schon bald wurden die Jungen zu einem lokalen Fußballspiel (American Soccer) mit den anderen Kindern eingeladen, und sie verbrachten den Rest des Nachmittags fröhlich mit ihren neu gewonnenen Freunden.

* * *

Nach ein paar Stunden Spiel entschuldigten sich die Jungen, weil sie wussten, dass ihr Onkel bald von seiner Museumsreise zurückkehren würde und sie sich für das Abendessen frisch machen mussten. Beide Jungen waren verschwitzt von der Anstrengung des Spiels und mit blauen Flecken und Schmutz bedeckt, aber sie waren sehr zufrieden, denn sie hatten sich im Spiel mehr als wacker geschlagen und ihrer Mannschaft mehrmals zum Sieg verholfen. Sie hatten sich schnell mit ihren Mannschaftskameraden angefreundet, auch wenn einige von ihnen kein Englisch sprachen. Es stellte sich heraus, dass Fußball eine universelle Sprache war, die sie alle schätzten und verstehen konnten.

Auf dem Rückweg gingen die Jungen über den Markt in der Straße, auf dem wieder viel los war, da viele der Stände wegen des Abendessens wieder geöffnet hatten. Eine Frau saß am Wegesrand und bettelte um Essen. Aus Mitleid mit ihr blieb Oliver stehen und sah sie an, bevor er sich an Jake wandte.

"Wir müssen ihr etwas geben, es ist nicht fair, dass sie nichts zu essen hat", sagte er und flehte seinen älteren Bruder an.

"Wir haben nicht viel mehr Geld, um ihr Essen zu kaufen, nur etwas Kleingeld. Mal sehen, ob ich mit dem Kerl da drüben feilschen kann", sagte Jake und wies auf den mürrischen Obstverkäufer, der die Passanten anglotzte.

Jake ging zu dem Mann hinüber und erregte seine Aufmerksamkeit mit einem kleinen Winken und einem Lächeln, das der Verkäufer mit einem Blick und einem knappen "Was wollen Sie" erwiderte.

"Tut mir leid, ich wollte nur etwas für die Frau dort drüben zum Essen kaufen. Würde das für irgendetwas reichen?" fragte Jake und hielt ihm das Wechselgeld hin.

Der Mann lachte sardonisch: "Nein, das ist hier nicht gut. Damit verdiene ich kein Geld, nur damit ein Bettler etwas zu essen bekommt", sagte er und wandte sich ab, ohne Jake zu beachten, als ob er nicht da wäre.

Niedergeschlagen seufzte Oliver laut auf. "Wir können nicht gehen, ohne ihr zu helfen", sagte er und deutete auf die Frau.

Jake schaute nach unten, bevor er sich schnell einen Granatapfel schnappte, als der Verkäufer nicht hinsah, und auf die Frau zuging.

Schnell erreichte er die Bettlerin, reichte ihr den Granatapfel und wollte mit Oliver in Richtung Hotel gehen, als er den Verkäufer schreien hörte.

"Haltet den Dieb, wie kannst du es wagen, mich zu bestehlen! Der Junge ist ein Dieb, nehmt ihn fest!" rief der Mann und erregte damit die Aufmerksamkeit eines Polizisten, der herüberkam, um zu sehen, was es damit auf sich hatte.

Panisch ergriff Jake Olivers Hand und wollte weglaufen, als ein fester Griff seinen Arm packte und ihn festhielt. Er versuchte, seinen Arm wegzureißen, aber der Griff des Mannes war zu stark.

Als er zu dem Mann aufschaute, der seinen Arm hielt, stellte er überrascht fest, dass es nicht der Polizist oder der Ladenbesitzer war, sondern jemand anderes. Der Mann hatte ein schroffes Gesicht mit braunen Augen, einen dunkel gebräunten Teint und langes gelocktes braunes Haar, das ihm bis zu den Schultern reichte. Der Mann wirkte jung, doch seine Augen schienen ein viel höheres Alter widerzuspiegeln, als er aussah. Der Mann schaute Jake an und nickte ihm beruhigend zu, bevor er sich den Finger vor den Mund hielt, um zu schweigen.

Der Mann wandte sich an den Ladenbesitzer: "Verzeihen Sie, Cousin, meine Söhne haben wohl vergessen, Sie zu bezahlen, während sie dieser Frau geholfen haben. Bitte nehmen Sie dies und ein wenig mehr für Ihre Mühen", sagte er und überreichte eine große Handvoll Münzen, was die Proteste des Mannes beendete. Mit Blick auf die Münzen nickte der Mann gierig, winkte abweisend mit den Händen und wandte sich ab. Der Polizist, der den Vorsatz sah, hörte auf, sich zu nähern und ging davon.

"Jetzt, wo das für dich erledigt ist, denke ich, dass es das Beste ist, wenn du mich zu deiner Familie bringst, um das zu besprechen", sagte der Fremde fest und sah Jake und Oliver missbilligend an.

Mit vor Angst gefüllten Mägen führten die Jungen den Mann zum Hotel.

***

Während die Jungen ihre eigenen Abenteuer erlebten, war ihr Onkel Herman damit beschäftigt, so viel wie möglich über Sneferu und die lokale Tempelanlage zu lernen, die sein Kollege Professor Fisker in Theben gefunden hatte. Er hatte ein sehr produktives Treffen mit dem Kurator des örtlichen Museums gehabt und war zuversichtlich, dass er nun über das nötige Wissen verfügte, um die Suche zu beginnen.

Als er die Hotellobby betrat, war er schockiert, als er sah, dass seine Neffen von einem schroff aussehenden Fremden begleitet wurden, der sofort stehen blieb und ihre Namen rief, um ihre Aufmerksamkeit zu erregen. Jake und Oliver sahen ihren Onkel und rannten sofort zu ihm.

"Bitte Onkel Herman, sei nicht böse, wir haben nur versucht zu helfen. Sie war am Verhungern!" rief Oliver laut aus und sah verzweifelt aus, als er versuchte, seinen Bruder vor Ärger zu bewahren.

Der Fremde ging auf Herman zu, reichte ihm schnell die Hand und begrüßte ihn. "Hallo, entschuldigen Sie bitte, dass ich Sie erschreckt und die Jungs verängstigt habe. Ich bin auf dem Markt auf die beiden gestoßen und musste ihnen zu Hilfe eilen.

"Es tut mir leid, ich weiß nicht, was hier los ist. Jungs, was soll das mit der hungernden Frau?" antwortete Herman und sah verwirrt aus.

"Sie versuchten, einen Granatapfel für eine hungernde Bettlerin auf dem Markt zu kaufen, und der Händler weigerte sich, selbst als dein Ältester das Doppelte des Wertes des Granatapfels zahlen wollte. Er beschloss, ihn zu stehlen und ihn der Bettlerin trotzdem zu geben, und der Händler rief die

Polizei", warf der Mann ein.

"Fairerweise muss man sagen, dass der Verkäufer einen Hass auf Außenseiter hat und die Polizei bei einem so geringen Betrag wahrscheinlich nichts unternommen hätte. Es ist allgemein bekannt, dass er

Außenseiter hasst, also hätten sie ihn wahrscheinlich ausgeschimpft. Ich wollte das Risiko jedoch nicht eingehen und habe ihn nur extra bezahlt, damit er keine Anzeige erstattet. Ich habe sie hierher zurückgebracht, um sicherzugehen, dass sie sich aus allem heraushalten mehr Ärger", fuhr er fort.

Jake und Oliver schauten verlegen zwischen dem Fremden und ihrem Onkel hin und her. Sie versuchten, den Grad der Wut im Gesicht ihres Onkels zu erkennen, um abzuschätzen, wie viel Ärger sie bekommen könnten.

Ihr Onkel zögerte, bevor er antwortete, blickte zu den Jungen und dann wieder zu dem Fremden: "Nun, dann stehe ich wohl in eurer Schuld. Danke, dass du dich um sie gekümmert hast und eingesprungen bist; ich werde dich gerne für deine Bemühungen heute entschädigen. Ich habe Ihren Namen nicht verstanden?"

Lächelnd antwortete der Mann: "Sie brauchen kein Geld, ich habe ihnen gerne geholfen. Mein Name ist Samuel."

Kapitel 4: Das Abenteuer beginnt

Nach mehreren Tagen der Vorbereitung verkündete Herman den Jungen und Margaret, dass er bereit sei, die Suche zu beginnen. Herman hatte eine sechsköpfige Mannschaft zusammengestellt, die aus einem Führer, zwei Sicherheitsleuten und drei weiteren Personen bestand, die bei eventuellen Ausgrabungen oder Grabungen helfen sollten. Außer dem Land Cruiser waren noch mehrere andere verbeulte Fahrzeuge auf dem Hotelparkplatz für ihre Expedition eingetroffen.

Als Jake und Oliver das Hotel verließen, sahen sie zu ihrer Überraschung Samuel, der an einem der Fahrzeuge lehnte und auf sie wartete.

Samuel stand auf, als sich die Jungen näherten, und begrüßte sie: "Guten Morgen, Jungs; überrascht, mich zu sehen?"

"Das kann man wohl sagen!" entgegnete Jake, während Oliver sich hinter seinem älteren Bruder versteckte, der noch immer von der Erfahrung mit Samuel erschüttert war.

Ihr Onkel hatte ihnen mit Nachdruck gesagt, dass Stehlen nicht richtig sei, aber er verstand ihre guten Absichten. Er hatte sie nicht bestraft und es sogar vor ihrer Tante Margaret geheim gehalten.

"Das dachte ich mir schon. Euer Onkel erwähnte, dass ihr einen Führer für eure Expedition braucht, und ich bin zufällig der beste diesseits des Nils." erwiderte Samuel süffisant, bevor er Onkel Herman anerkannte, der außer Atem schien, als er auf der Suche nach Jake und Oliver angerannt kam.

Als er die Jungs und Samuel am Land Cruiser warten sah, wurde Herman langsamer und grüßte sie.

"Ach du meine Güte, Jungs, ihr habt mich erschreckt! Ich habe euch in eurem Zimmer gesucht und ihr wart nirgends zu finden."

"Samuel, danke, dass du pünktlich hier bist. Sobald Margaret hier ist, können wir aufbrechen und uns auf den Weg nach Theben machen", sagte Herman.

Jake und Oliver schauten zwischen ihrem Onkel und Samuel hin und her, unsicher, was sie sagen sollten, während sie darauf warteten, dass ihre Tante aus dem Hotel kam.

Margarets Gesicht errötete, als sie eilig aus der Hotellobby kam. Sie blieb stehen, als sie sich der Gruppe von Menschen näherte.

"Ah ja, schön, dass ihr so weit seid. Nun, sollen wir uns beeilen?" sagte Margaret und lenkte damit eindeutig die Blicke ab, die ihr Bruder ihr wegen ihrer Verspätung zuwarf.

Beim Einsteigen in den Wagen quetschten sich Jake, Oliver und Samuel auf den Rücksitz, während Herman auf dem Fahrersitz und Margaret auf dem Beifahrersitz Platz nahm. Herman bog schnell in den Verkehr ein und machte sich auf den Weg nach Theben, während die Jungen ihre Umgebung beobachteten. Die anderen Fahrzeuge folgten dicht hinter ihnen und bildeten eine Art Konvoi durch die Stadt und die Wüste.

Im Gespräch wandte sich Jake an Samuel: "Also Samuel, kommst du aus Kairo?"

"Nein, ich komme eigentlich aus Jerusalem. Ich bin vor vielen Jahren nach Kairo gezogen und seitdem nicht mehr zurückgekehrt. Ich bin seit Jahren an dieses Land gebunden und hatte noch keine Gelegenheit, andere Teile der Welt zu sehen. antwortete er und sah traurig aus bei dem Gedanken an sein Heimatland und die Orte, die er nie sehen würde.

Oliver runzelte nachdenklich die Stirn und meldete sich zu Wort: "Warum denn? Konntest du nicht weggehen und dir die Welt ansehen?"

"Leider nein. Meine Verpflichtungen halten mich hier, und sie sind meine Priorität. Wenn ich sie vernachlässigen würde, könnten schlimme Dinge passieren." erklärte Samuel und drehte seinen Kopf, um Olivers Blick zu begegnen.

Als die Gespräche im Fahrzeug immer leiser wurden, überwältigte die drückende Hitze der Wüste schnell die kämpfende Klimaanlage des Land

Cruiser. Die Jungs ließen sich von der Schwüle nicht abschrecken. Sie grinsten aufgeregt, als sie die Fenster herunterkurbelten und die karge Landschaft um sich herum in Augenschein nahmen. Im krassen Gegensatz dazu wirkte ihre Tante Margaret sichtlich aufgeregt. Sie fächelte sich verzweifelt mit einer zerknitterten Landkarte aus dem Handschuhfach Luft zu, in dem vergeblichen Versuch, sich abzukühlen. Die Hitze drückte unbarmherzig und unnachgiebig auf sie ein, als hätte sie ein Eigenleben und wolle ihre Lebensgeister brechen.

Mit einem leisen Kichern beobachtete Samuel die Jungen mit einer Mischung aus Belustigung und Zuneigung. Obwohl sie Außenseiter waren, wusste er, dass sie sich bald an die raue Wüstenumgebung anpassen würden, ihre Haut war braun gebrannt und ihre Kleidung mit Sand verklebt. Auch ihre unterschiedlichen Persönlichkeiten amüsierten ihn, denn der eine war überschwänglich, während der andere eher zurückhaltend war. Obwohl er nicht verstand, warum er von Osiris auserwählt worden war, diese Kinder zu beschützen, fühlte er sich verpflichtet, sie vor jeder Gefahr zu bewahren, die entstehen könnte.

✳ ✳ ✳

Margarets Gedanken schweiften ab, während sie aus dem Fenster auf der rechten Seite des Land Cruiser starrte und versuchte, die brütende Hitze zu ignorieren. Es war erst Vormittag, und doch schien es bereits der ungemütlichste Ort der Welt zu sein. Ihr Blick wanderte über die Straße, und je weiter sie nach Westen fuhren, desto weiter entfernten sich die Gebäude. Als sie die geschäftige Stadt verließen, nahm die Hitze zu, und sie hatte das Gefühl, dass sie nicht einmal mehr im Fahrzeug atmen konnte. Sie hatte Herman gebeten, erst dann mit ihnen loszufahren, wenn die Sonne ihren Höhepunkt überschritten hatte, was noch eine Stunde entfernt war, aber er schien ihre Bitte trotz ihrer Bedeutung nicht ernst zu nehmen. Stattdessen zuckte er nur mit den Schultern und sagte ihr, dass es keine Probleme geben würde.

Sie seufzte, als die Hitze ihre Haut zu verbrennen begann und sie sich fühlte, als würde sie in der Wüste schmelzen. Als sie aus dem Fenster schaute, konnte sie sehen, wie der Horizont immer dunkler wurde, je näher sie der Wüste kamen. Die Gebäude wichen kleinen Hütten und Zelten und schließlich endlosen Sanddünen. Die Sonne brannte unbarmherzig auf sie herab, und Margaret hatte das Gefühl, dass die Wüste ihr den Atem raubte, so dass sie sich fragte, wie jemand eine solche unnachgiebige Hitze überleben konnte.

Die Fahrt dauerte Stunden, denn es waren fast 400 Meilen bis zum antiken Theben. Im Auto wurde es immer heißer, so dass alle Erwachsenen außer Samuel schwitzten und sich immer unbehaglicher fühlten, während sie im Auto kochten. Die Jungen hatten sich schnell an die Hitze gewöhnt, und Oliver hatte seine Fähigkeit, überall einzuschlafen, voll entfaltet. Er schnarchte laut neben Jake, der seinen Kopf auf seine Schulter gelegt hatte.

Als sie sich nach der mehrstündigen Fahrt dem kleinen Lager näherten, begann Margaret's Herz vor Aufregung und Vorfreude zu rasen. Sie konnte eine wahllose Ansammlung von Zelten und baufälligen Gebäuden in der kargen Landschaft sehen, die die zerfallenden Ruinen eines alten Tempels umgaben. Die Arbeiter, die in der Hitze schufteten, blickten auf, als sich das Auto näherte, ihre müden die Gesichter wichen einem Ausdruck von Neugier und Überraschung. Herman brachte den Wagen plötzlich zum Stehen, was Margaret dazu veranlasste, sich erschrocken am Türgriff festzuhalten. Die darauf folgende Stille war greifbar und wurde nur durch das ferne Heulen des Wüstenwindes unterbrochen.

"Nun, wir sind endlich da." verkündete Herman fröhlich, als er den Schlüssel aus dem Zündschloss zog und seine Tür öffnete. Die Jungen sprangen mit unbändiger Freude aus dem Auto, als Herman ausstieg und sich zu ihnen setzte.

Als die Jungen sich umschauten, sahen sie in alle Richtungen Sanddünen, zwischen denen gelegentlich ein Wüstenstrauch wuchs. Die Wüstensonne stand noch immer hoch am Himmel und ließ Hitzelinien durch die Luft über dem Sand und den Dünen wandern.

Mit einem Lächeln im Gesicht folgte Margaret den Jungen und Herman zu einer Gruppe von Männern, Frauen und Kindern, die sich um eine Säule versammelt hatten, die aus dem Sand ragte und deren verblasste Hieroglyphen in den Stein geätzt waren. Die Menschen trugen weiße Leinengewänder oder traditionelle ägyptische Kleidung, aber ein Mann stach aus der Gruppe heraus. Er war korpulent, hatte weißes Haar und einen großen Schnurrbart wie ein Walross, trug einen khakifarbenen Forscheranzug und einen breitkrempigen Hut. Er schaute sich eine bestimmte Hieroglyphe genau an; seine Aufregung war spürbar, als er sie für die anderen entzifferte. Seine exzentrische Erscheinung und sein Verhalten ließen Margaret sich fragen, wer dieser Mann war und welche Geheimnisse er barg.

"Professor Fisker, wie schön, Sie wiederzusehen", sagte Herman und ging auf den Mann zu, der ihre Ankunft gerade bemerkt hatte.

"Es ist zu lange her, Herman, mein Junge!" antwortete Professor Fisker jovial, als er sich umdrehte, um sie zu begrüßen.

"Wie hat dir die Reise gefallen?" erkundigte sich Herman neugierig und deutete auf die Wüste um sie herum.

"Oh, wunderbar, einfach herrlich! Ich habe schon so viel von diesem Land gesehen, aber das die Gelegenheit, einen unentdeckten Komplex zu erforschen, hat es mir endlich ermöglicht, diesen Punkt von meiner Wunschliste zu streichen", rief er fröhlich aus. Bei jeder Steigerung seines Tonfalls zuckte sein Schnurrbart.

Margaret schüttelte den Kopf und rollte mit einem kleinen Lächeln mit den Augen, denn sie wusste, dass Herman sich schnell hinreißen lassen würde, wenn man ihn nicht von dem rundlichen Professor ablenkte.

Oliver drehte sich um und sah Jake an. "Ist der Typ echt? Er sieht aus wie der stereotype Archäologe aus den Disney-Filmen!", sagte er leise und versuchte, von den anderen nicht überhört zu werden.

Jake kicherte, und Margaret und Samuel hörten die beiden, woraufhin Samuel leise kicherte und Margaret sich auf die Lippe biss, um ihre Reaktion zu unterdrücken.

"Herman, würdest du uns bitte deinen Freund vorstellen?" fragte Margaret spitz. "Wir haben keine Zeit zu verlieren."

Herman nickte und wandte sich mit einer Geste dem Mann zu, um ihn vorzustellen.

"Das ist Professor Fisker. Er studiert seit vielen Jahren Hieroglyphen und hat kürzlich eine Karte entziffert, die zu diesem Tempel hier in der Wüste führte. Er hatte das Glück, ihn zuerst zu finden", sagte Herman fröhlich.

Damit ging Fisker hinüber und schüttelte Margaret und Herman die Hand und stellte sich dann den Jungen und Samuel vor.

"Ich freue mich, Sie alle kennenzulernen, mein Name ist Fisker, und ich sage Ihnen, das Vergnügen ist ganz meinerseits", lachte er vergnügt.

"Sind Sie sicher, dass wir ihm vertrauen können?" fragte Margaret leise und langsam und sah Herman mit einem herausfordernden Blick an. "Er scheint ein bisschen zu gut zu sein, um wahr zu sein."Herman zuckte mit den Schultern und lächelte sie unschuldig an, wobei er sein Bestes tat, um ihre typische Paranoia zu ignorieren.

"Professor Fisker, warum zeigen Sie mir nicht das Gelände, und die Jungs können sich ihre erste Tempelanlage ansehen?", sagte er fröhlich.

Fisker nickte eifrig und führte Herman und Margaret in die Mitte der Ruinen, wo zahlreiche Holzpfähle um einen Tisch in den Boden eingelassen waren. An jeder Stange war ein Metallhaken angebracht, über den eine Plane als Schattenspender drapiert war. Auf dem Tisch befanden sich mehrere Antiquitäten und Radierungen, die der Professor an diesem Ort entdeckt hatte.

Während Herman und Margaret mit Professor Fisker beschäftigt waren, begannen Jake und Oliver eifrig, die Ausgrabungsstätte zu erkunden. Bei ihren Erkundungen stießen Jake und Oliver auf eine kleine Öffnung in der Tempelwand und spähten hinein, um einen staubigen Korridor zu sehen, der tiefer in die Erde führte. Jake versuchte, in das Loch zu schlüpfen, um es zu erforschen, sehr zur Sorge von Oliver, aber er war zu groß, um hineinzupassen. Jake wandte sich an seinen Bruder und forderte Oliver auf, stattdessen in den Spalt zu steigen. Oliver war zu neugierig, um zu widerstehen, und er schlüpfte schnell in die Öffnung in der Wand, die für Jake zu eng war, um ihm zu folgen.

"Oliver, eigentlich solltest du zurückkommen. Du könntest von einer

Schlange gebissen oder von einem Skorpion gestochen werden." sagte Jake und beobachtete besorgt, wie sein jüngerer Bruder sich weiter in die Öffnung hineinbewegte.

"Ich komme schon klar, hier ist nichts drin und ich schaue mich sowieso nur um. Du kannst mich von da drüben aus sehen; außerdem ist es eine Mutprobe und ich werde nicht kneifen", erwiderte Oliver abwesend und betrachtete die verblassten Kunstwerke, die an die Wand geschnitzt und gemalt waren. Als er weiter in den Spalt vordrang, bemerkte Oliver einen Bereich des Bodens, der nach unten abzufallen schien. Er griff nach unten und begann, den Sand vom Fuß der Wand wegzuschaufeln, um den unteren Teil des Raumes freizulegen um zu sehen, was sich darunter befindet.

Als Oliver den Sand von der Basis wegschob, stellte er fest, dass eine Öffnung zum Vorschein kam, durch die das Licht fiel. Er schob den Sand weiter weg und legte eine fast zwei Fuß lange Öffnung frei, die gerade groß genug war, dass er sich hindurchzwängen konnte.

"Jake, schnell! Gib mir eine Taschenlampe. Ich erinnere mich, dass du zwei in deine Tasche gepackt hast", rief Oliver eifrig und deutete verzweifelt auf den Rucksack auf Jakes Schultern.

"Gut", stimmte Jake zögernd zu, seine Stimme war von Besorgnis erfüllt. "Aber versprich mir, dass du vorsichtig sein wirst. Ich habe ein schlechtes Gefühl bei diesem Ort."

Oliver, der sich von der Warnung seines Bruders nicht beirren ließ, kramte eifrig in Jakes Tasche, bis er die Taschenlampe fand. Mit einem entschlossenen Funkeln in den Augen umklammerte er die Taschenlampe fest, bereit, den geheimnisvollen Gang zu erkunden.

Oliver ließ sich hinunter, sein Herz klopfte vor Erwartung, als er sich am Rand der Öffnung festhielt und sich hineinschob. Auf allen Vieren kriechend zwängte er sich durch den engen Raum und spürte, wie die bedrückende Dunkelheit von allen Seiten auf ihn eindrang.

Mit der Taschenlampe in der Hand schob er sich langsam vorwärts, wobei der Lichtstrahl kaum die pechschwarze Leere durchdrang. Er spürte, wie sein Puls raste, während er versuchte, seine Atmung zu kontrollieren und seine Nerven zu beruhigen, denn er wusste, dass eine falsche Bewegung eine

Katastrophe bedeuten konnte.

Plötzlich hörte er die Stimme seines Bruders von außerhalb des Ganges nach ihm rufen. Bevor er reagieren konnte, strömte plötzlich Sand herein, versperrte seinen Ausgang und hielt ihn in dem engen Tunnel gefangen.

Panik durchströmte ihn, als er merkte, dass er völlig von der Außenwelt abgeschnitten war. Zu allem Übel begann die Taschenlampe zu flackern und zu verlöschen. Olivers Herz donnerte in seiner Brust, als das letzte bisschen Licht verblasste und ihn in völlige Dunkelheit stürzte. Er schrie um Hilfe, aber niemand antwortete, so dass er allein in der klaustrophobischen Kammer zurückblieb, ohne Hoffnung auf Flucht.

* * *

"Oliver, geht es dir gut?" rief Jake in den Gang; vom Korridor kam keine Antwort.

Als Jake in den Raum spähte, sah er, wie Sand kräftig in die Leere hineinrauschte, die sein Bruder kurz zuvor betreten hatte.

Jake rief ängstlich nach seinem Bruder, drehte sich um und lief zurück zum Tisch, wo sein Onkel Herman und seine Tante Margaret mit Professor Fisker über den Tempel diskutierten.

"Schnell Onkel Herman, du musst Oliver helfen. Er ist im Inneren des Tempels gefangen!" rief Jake, mit Panik in seinen Augen.

"Gefangen, was meinst du?" rief Herman aus.

Jakes Stimme zitterte vor Angst, als er von den schrecklichen Ereignissen berichtete, die sich gerade abgespielt hatten. "Wir haben einen Durchgang zwischen den Wänden gefunden", sagte er mit vor Angst geweiteten Augen. "Oliver sah sich die Hieroglyphen an und wir fanden eine Öffnung. Ich wollte hineingehen, aber ich passte nicht hinein, also forderte ich ihn auf, es stattdessen zu tun. Er erforschte sie und fand eine Öffnung im Boden, die zu einer Kammer führte, dann stürzte der Sand hinter ihm ein und versperrte ihm den Weg. Er antwortet nicht, wenn ich ihn rufe; ich glaube, er könnte verletzt sein."

Die Gruppe verstummte und alle Augen richteten sich auf Jakes Onkel

Herman, der für seine Fachkenntnisse in der Erforschung alter Tempel bekannt war. Hermans Stirn legte sich in Falten, als er die Situation schnell einschätzte und sich einen Plan zurechtlegte. "Wir müssen schnell handeln", sagte er entschlossen. "Wir wissen nicht, in welcher Gefahr Oliver schwebt."

Samuel trat hinter einer der nahen Säulen hervor und übernahm die Kontrolle über die Situation. "Jake, zeig mir, wo Oliver hingegangen ist; ich werde ihn finden."

Mit einem schnellen Nicken führte Jake Samuel zu der Öffnung, in die Oliver hineingefallen war, und deutete mit dem Finger den schmalen Gang hinunter.

"Da lang. Er sollte dort irgendwo sein." sagte Jake nervös und hoffte, dass seinem Bruder nichts zugestoßen war.

"Danke, Jake, geh zurück zu deiner Tante und deinem Onkel und sag ihnen, sie sollen nach Gängen in der Nähe suchen oder nach Bereichen, die tiefer liegen, als sie sollten. Ich werde mich ebenfalls umsehen; dieser Korridor ist zu eng, als dass wir alle hineinpassen würden. Samuels Stimme wurde kontrollierter, als er den Jungen ansah, tief einatmete und langsam wieder ausatmete, bevor er sich auf dem Absatz umdrehte und zum Rand des Tempels ging, um die Seiten zu untersuchen und zu sehen, ob ein Weg in die Basis des Tempels gefunden werden konnte.

* * *

Olivers Herz raste und hämmerte in seiner Brust, während er darum kämpfte, seine Fassung wiederzuerlangen. Sein Körper zitterte unkontrolliert, während er versuchte, sich auf seine Umgebung zu konzentrieren. Er war in einer riesigen Kammer gefangen, einem dunklen Abgrund. Die Wände dehnten sich in die Schwärze aus wie eine unendliche Leere.

Schweiß tropfte an Olivers Stirn herunter und brannte in seinen Augen, während er versuchte, sich einen Reim auf seine Situation zu machen. Jede Faser seines Wesens schrie danach, dass er in Panik geraten und um Hilfe rufen sollte, aber er wusste, dass er ruhig bleiben musste. Er konnte es sich nicht leisten, den Kopf zu verlieren, nicht jetzt.

Eine gefühlte Ewigkeit schaukelte er auf dem Sand hin und her und versuchte, seine Augen an die Dunkelheit zu gewöhnen. Und dann traf es ihn wie ein Blitzschlag. Die Öffnung, die ihn verschluckt hatte, war der Eingang zur Kammer gewesen, und es gab wahrscheinlich keinen anderen. Ein Gefühl des Grauens überkam ihn, als er das Ausmaß seiner misslichen Lage erkannte.

Er war allein, gefangen in einem Tempel, den seit Jahrhunderten niemand mehr betreten hatte. Es gab keinen Ausweg, kein Entkommen aus der Dunkelheit, die ihn umgab. Das Gewicht seiner Situation traf ihn wie eine Tonne Ziegelsteine, und Oliver wusste, dass sein Schicksal besiegelt war.

Olivers Atemzüge wurden flach, als er spürte, wie die Wände auf ihn zukamen. Panik machte sich in ihm breit, als er darum kämpfte, seine Atmung zu kontrollieren. Die Dunkelheit schien ihn ganz zu verschlingen, und er spürte, wie eine Welle der Übelkeit über ihn hereinbrach. Olivers Gedanken kreisten um das Gefühl, gefangen und allein zu sein, und die Angst begann ihn zu verschlingen. Die Luft wurde dick vor Anspannung, und er konnte seinen Herzschlag in den Ohren klopfen hören. Das Letzte, was er wollte, war, für längere Zeit an diesem dunklen Ort festzusitzen. Seine Sicht begann zu verschwimmen, während er darum kämpfte, seinen Verstand zu behalten, aber die Dunkelheit schien ihn immer mehr einzuschließen und drohte ihn zu verschlingen.

Zitternd stand Oliver auf und spähte in die tiefe Schwärze, um seine Umgebung zu erkennen. Allmählich gewöhnten sich seine Augen an die Dunkelheit, und er konnte gerade noch die schwachen Umrisse einer großen Kammer erkennen, die sich vor ihm ausbreitete.

Je näher er kam, desto schneller schlug Olivers Herz, und seine Nerven waren angespannt, während er versuchte, wachsam zu bleiben. Eine vage Gestalt tauchte in der Ferne auf und zog seinen Blick auf sich auf sie zu. Die Form nahm langsam Gestalt an und offenbarte eine große Statue, die aus massivem Fels gehauen war und die Kammer überragte.

Fasziniert trat Oliver näher und ließ seinen Blick über die kleineren Statuen an den Wänden der Kammer schweifen. Die größere Statue schien nach ihm zu rufen, ihre glatte Oberfläche winkte ihm, sie zu berühren. Zögernd streckte er eine Hand aus und berührte die Oberfläche der linken Schulter der Statue.

Als seine Finger die kalte, glitschige Oberfläche streiften, schreckte er zurück, und der üble Geruch von ranzigem Öl stieg ihm in die Nase. In diesem Moment wurde ihm klar, dass diese Statuen nicht einfach nur Kunstwerke waren, sondern etwas ganz und gar Unheimliches. Ihre glänzenden Oberflächen waren ein Zeugnis der dunklen Kräfte, die an diesem Ort am Werk waren.

Mit einem Gefühl wachsenden Unbehagens trat Oliver zurück und blickte zu der bedrohlichen Statue hinauf. Die Statue, die sich in einer schwindelerregenden Höhe von acht Fuß über ihm erhob, hatte die Gestalt eines schakalköpfigen Mannes, dessen Augen sich in Olivers Seele zu bohren schienen. In der geschnitzten Hand der Statue erhob sich ein langes Zepter.

Links von der Statue fiel Olivers Blick auf einen schlichten Onyx-Thron, der in Größe und Detailgenauigkeit perfekt auf die Statue abgestimmt war. Um den Sockel des Throns herum zeigten kunstvolle Schnitzereien den schakalköpfigen Mann und seine Anhänger, die sich in Anbetung vor ihm verneigten.

Oliver wusste, dass dies eine Statue von Anubis war, dem Gott der Unterwelt im Alten Reich. Sein Onkel Herman hatte sie an einem seiner Tage, an denen er Margaret half, über die Götter unterrichtet, und nach diesem Unterricht hatte Oliver mehr gelesen. Nach seinen Studien war Anubis als schrecklich und böse beschrieben worden, der über die Menschen richtete und sie zu einem Leben nach dem Tod mit unendlichen Schmerzen und Qualen verdammte. Anubis hatte es genossen, die Seelen der kürzlich Verstorbenen zu quälen. Im Neuen Reich wurde Anubis durch Osiris ersetzt, der immer noch als launisch galt, wie alle Götter, aber vom einfachen Volk als gerechter und fairer angesehen wurde.

Obwohl er wusste, dass er allein in der Kammer war, lief Oliver ein Schauer über den Rücken. Es fühlte sich an, als läge etwas Unheimliches in den Schatten verborgen, das jede seiner Bewegungen beobachtete. Als er sich auf den kiesigen Sand setzte, erschrak er, als er einen kalten, glühenden Nebel aus dem Boden aufsteigen sah, der mit einem bedrohlichen Zischen auf ihn zukroch.

Oliver zitterte vor Angst und sah mit Schrecken, wie sich die Gestalt eines schakalköpfigen Mannes aus dem Nebel erhob und vor ihm Gestalt annahm. Es war dieselbe schakalköpfige Gestalt, die auf der Statue abgebildet war, aber jetzt war sie viel bedrohlicher, und ihre Augen leuchteten mit bösartiger Macht.

Die Gestalt vor Oliver hatte Augen, die schräg standen und wie Blutlachen glühten. Als sie ihr Maul öffnete, konnte man im schwachen Licht das Glitzern scharfer, glänzender Reißzähne erkennen. Seine lange Zunge streckte sich heraus und leckte gierig an ihnen, als dürstete sie nach Fleisch. Ein heimtückisches Glucksen hallte durch die Kammer und jagte Oliver einen Schauer über den Rücken.

Die schreckliche Gestalt hob den Kopf und stieß ein grässliches Heulen aus, das dem personifizierten menschlichen Elend glich. Alle dunklen Gefühle schienen Olivers Geist zu durchfluten, und er spürte, wie er in Verzweiflung ertrank, als das Heulen der Gestalt den Raum erschütterte und die Fundamente des Tempels erschütterte.

Schließlich verstummte das Heulen und hinterließ nur noch schweres Atmen. Mit großen, hüpfenden Schritten schritt der schakalköpfige Mann an Oliver vorbei und nahm auf dem Thron Platz. Bisher unsichtbare Fackeln wurden entzündet und warfen flackernde Schatten in den Raum, und der kalte Nebel, der die Gestalt in den Raum gebracht hatte, schwamm weiter hungrig zu Olivers Füßen.

Der schakalköpfige Mann sah Oliver in die Augen, und eine knirschende Stimme drückte auf seine Ohren, sodass er zusammenzuckte und vor Schmerz aufschrie.

"Komm zu mir, Kind, und sieh Anubis, den wahren König der Unterwelt und Gott des Jenseits."

Oliver lag auf dem Boden, gelähmt vor Angst, unfähig, aufzustehen.

Anubis erhob sich vom Thron und kam auf Oliver zu. Mit schwerem Schritt, seine Beine schleiften hinter ihm auf dem Sand, blieb die Gestalt nur wenige Meter von Oliver entfernt stehen. Seine Augen leuchteten weiterhin blutrot und zwischen seinen Reißzähnen bildete sich eine kleine Speichelpfütze, während er ihn hungrig anstarrte.

Oliver biss sich auf die Lippe, um nicht zu schluchzen, und blickte langsam zu Anubis auf, wobei er eine tiefe Traurigkeit in sich aufsteigen spürte, während ihm Tränen über die Wangen liefen. Er wollte nicht sterben.

Anubis beugte sich vor und schnupperte an Olivers Kopf, als wolle er den Geruch seines Blutes genießen, bevor er sich wieder auf seinen Thron setzte. "Du riechst nach Angst; das ist gut. Respektiere Anubis, diene Anubis, und du wirst belohnt werden. Ich beobachte dich, seit du geboren wurdest. Du hast keine Ahnung, wer ich bin, und doch habe ich deinen Geist berührt. Ich habe all deine Hoffnungen und Träume gesehen, und ich weiß, was du am meisten fürchtest. Und doch bist du nicht freiwillig zu mir gekommen."

Mit einem Lächeln blickte Anubis zur Decke hinauf. Der Nebel wirbelte um den Thron herum und stieg höher, während das Heulen unsichtbarer Schakale durch die Kammer hallte.

Oliver schrie vor Schmerz über das Geräusch, das auf seine Ohren drückte, und stand auf, um Anubis zu beruhigen und den Lärm zu beenden.

"Gut, du lernst schnell, junger Mann. Jetzt werde ich dir sagen, was du für mich tun wirst, und im Gegenzug werde ich dich aus diesem Raum befreien und dein Leben verschonen.

Ihre Familie wird sich bald der Ruhestätte Sneferus nähern. Du wirst sie in das Grab führen und dafür sorgen, dass dein Bruder, deine Tante, dein Onkel und dein Führer es unversehrt bis dorthin schaffen. Sie werden gebraucht, und ich verkünde hiermit, dass sie ungehindert eintreten können, um ihre Aufgabe zu erfüllen. Sobald ihr Zweck erfüllt ist und sie mir nicht mehr von Nutzen sind, wirst du für immer als meine Inkarnation auf der Erde dienen, als geliebter Diener, bis du selbst mir nicht mehr von Nutzen bist." sagte Anubis gebieterisch und sah Oliver erwartungsvoll an.

Mit einem Würgen versuchte Oliver, Anubis zu verleugnen. Er hatte Angst vor ihm, aber in seinem Herzen wusste er, dass er seine Familie nicht verraten konnte.

Als Anubis das sah, sprang er heulend auf. "Du wagst es, dich mir zu widersetzen, du unverschämter Mensch, du wirst diesen Tag bereuen. Du wirst mir dienen, ob du es willst oder nicht!"

Mit einem bedrohlichen Knurren stürzte Anubis nach vorne und packte Oliver an der Kehle, sein Griff zog sich um seine Luftröhre zusammen. Oliver rang nach Luft und seine Augen weiteten sich, als er verzweifelt versuchte, sich zu befreien, aber Anubis war zu stark. Als der Sauerstoffmangel seinen Tribut forderte, begann Olivers Sicht mit einer schwindelerregenden Anzahl von Sternen zu schwimmen, und sein Bewusstsein entglitt ihm.

Anubis stand über ihm; seine Augen funkelten in böser Absicht, während er sich an Olivers Leiden erfreute. Mit einem boshaften Grinsen begann er, seine Macht über Olivers Verstand auszuüben und seinen Willen nach seinen eigenen verdrehten Wünschen zu formen. Das Gewicht von Anubis' Willen drückte auf Olivers Gedanken und drohte ihn unter seinem Gewicht zu erdrücken, als er sich wehrte. Mit jedem Augenblick, der verstrich, schwanden Olivers Kräfte, und es schien, als sei er zu einem Schicksal verurteilt, das schlimmer war als der Tod durch die Hand dieses unbarmherzigen Gottes.

Trotz der überwältigenden Kraft von Anubis' Willen blieb Olivers Herz standhaft und weigerte sich, sich den Forderungen des gnadenlosen Gottes zu beugen. Sein ganzes Wesen kochte vor Wut bei dem bloßen Gedanken, sich einer solch abscheulichen Kreatur zu ergeben. Mit stählerner Entschlossenheit biss Oliver die Zähne zusammen und nahm jedes Quäntchen Kraft zusammen, das ihm noch blieb, sein Trotz beflügelte ihn. Er würde keine Marionette von Anubis' verdrehten Begierden sein, nicht jetzt, nicht jemals.

Als Anubis über ihm auftauchte und seine dunkle Präsenz den Raum erfüllte, blickte Oliver zu ihm auf, seine Augen loderten vor rechtschaffenem Zorn. Der bösartige Blick des Gottes senkte sich auf ihn und versuchte, seinen Geist zu zermalmen, aber Oliver weigerte sich, zu zögern.

Mit grimmiger Entschlossenheit stellte sich Oliver gegen Anubis. Er würde sich nicht beirren lassen, nicht von Anubis, von niemandem. Sein Herz würde sein eigenes bleiben, unbefleckt von der Korruption der Unterwelt.

Oliver sah zu Anubis auf, und seine Augen trafen die eines Dämons, der ihn trotzig anlächelte und "Nein" flüsterte.

Mit einem ohrenbetäubenden Heulen reiner Wut beschwor Anubis seinen

Zorn herauf, und seine Essenz pulsierte mit dunkler Macht. Plötzlich erschütterte ein ohrenbetäubender Knall die Kammer, dessen Wucht Trümmerteile in alle Richtungen schleuderte. Ein klaffendes Loch erschien in einer der Wände, und ein blendendes Sonnenlicht strömte in den Raum und erhellte die Dunkelheit.

In einer wirbelnden Bewegung verschwand Anubis in einem Strudel aus wirbelndem Nebel, seine bösartige Präsenz löste sich auf, als wäre er nie da gewesen. Oliver wurde zu Boden geschleudert, sein Körper schlug mit knochenbrechender Wucht auf den Steinboden auf.

Olivers Verstand überschlug sich angesichts der schieren Größe dessen, was geschehen war. Der Gott war besiegt und zurück in die Unterwelt verbannt worden. Doch trotz der Gefahr, die er gerade überstanden hatte, leuchtete in Olivers Herz ein Hoffnungsschimmer auf, denn er wusste, dass er gewonnen hatte.

Oliver lag auf dem Boden und schnappte nach Luft; jetzt, da der Druck von seiner Kehle genommen war, konnte er wieder normal atmen. Als er sich schockiert umschaute, sah er, wie sich Staubwolken im Raum absetzten und Steinbrocken wahllos einige der Statuen an der Seite des Raumes zerstörten.

“Oliver, geht es dir gut?” schrie Jake und stürmte in die Kammer, um nach seinem Bruder zu suchen. Als er seinen Bruder erblickte, rannte er zu ihm hin und zog ihn fest in eine Umarmung, um ihn zu ermahnen,weil er allein dort hinuntergegangen war.

Oliver nickte schnell und sagte seinem Bruder, dass es ihm gut ginge, aber er blieb still. Der Schock über das, was gerade mit Anubis passiert war, brauchte Zeit, um verarbeitet zu werden, und er war sich nicht sicher, ob er es mit jemandem teilen wollte. Sie würden wahrscheinlich denken, dass er in der Dunkelheit den Verstand verlor.

Herman und Margaret folgten Jake auf den Fersen, wobei beide Oliver nach Verletzungen absuchten und Margaret sich entsetzt über die blauen Flecken an seinem Hals äußerte, wo Anubis ihn festgehalten hatte.

Samuel folgte kurz darauf und warf einen kurzen Blick auf Oliver, wobei er die blauen Flecken und das, was wie Kratzspuren an seinem Hals aussah, bemerkte, bevor er sich umdrehte und den Raum betrachtete. Samuel bemerkte die Statue des Anubis und wusste sofort, was in der Kammer geschehen war. Mit einem wissenden Blick auf die Statue machte er eine gedankliche Notiz, um mit Osiris über diese Begegnung zu sprechen.

Nachdem er sich versichert hatte, dass es Oliver gut gehen würde, und tief durchatmete, ging Herman hinüber, um sich die Statue anzusehen und mit Samuel zu sprechen.

"Ich schulde Ihnen meinen Dank, Samuel. Wenn du nicht daran gedacht hättest, das Dynamit zu benutzen, das Fisker beiseite gelegt hatte, weiß ich nicht, wie wir zu Oliver gekommen wären. Das ist jetzt das zweite Mal, dass du einen meiner Jungs aus der Gefahr gerettet hast; ich fange an zu glauben, dass du die Angewohnheit hast, Leute zu retten." sagte Herman und sah Samuel dankbar an.

"Das gehört zu meinem Job, außerdem mag ich die Jungs sehr. Ich will nicht, dass ihnen etwas zustößt." Samuel zuckte mit den Schultern, sah lässig aus und war etwas verlegen über das Lob.

"Wie dem auch sei, ich gehe davon aus, dass Sie einen großen Bonus bekommen, wenn dieser Job erledigt ist." erwiderte Herman scherzhaft.

* * *

Nachdem Margaret sich vergewissert hatte, dass Oliver in Sicherheit war, befahl Herman den Arbeitern, Licht in die Kammer zu bringen, um sie auf wertvolle Funde zu untersuchen. Die Wände waren mit exquisiten Hieroglyphen geschmückt, die sich über die gesamte Kammer erstreckten und das Team in Ehrfurcht versetzten. Professor Fisker wurde bei diesem Anblick fast sabbernd und stürzte in den Raum, um sie zu untersuchen. Mit seinem Assistenten an seiner Seite übersetzte er fieberhaft die Hieroglyphen, seine Aufregung war greifbar.

Herman bemerkte, dass die Hieroglyphen an der Basis des Throns anders aussahen als die anderen und begann sie selbst zu entziffern, während Fisker an den Wänden arbeitete. Er runzelte die Stirn und begann zu murmeln, während er sich durch die Übersetzung arbeitete.

Mit gerunzelten Augenbrauen betrachtete Herman die Hieroglyphen, die in den Sockel des Throns eingraviert waren, während das Gewicht des uralten Geheimnisses auf ihn eindrang. Er begann, die Wissensfragmente der Hieroglyphen zusammenzusetzen. "Es ist, als ob ein entscheidendes Stück fehlt", murmelte er, und in seiner Stimme schwang Frustration mit. "Der Text spielt auf ein Grab an, eine Ruhestätte für Anubis' Herz. Aber wo? Es ist nicht hier, nicht auf diesem Thron." Seine Augen huschten durch den Raum, auf der Suche nach Antworten, die hartnäckig ausblieben.

Jake ging hinüber und betrachtete den Thron und das Werk seines Onkels. Er trat einen Moment zurück und blickte neugierig auf die große Statue neben dem Thron. Als er sie betrachtete, bemerkte Jake eine Vertiefung auf der Brust der Statue, die sich von der ansonsten glatten Onyxform abhob.

"Onkel Herman, schau dir die Statue an. Da ist eine Vertiefung in der Brustgegend, wo das Herz sein sollte!" sagte Jake und deutete aufgeregt auf die Stelle.

"Ausgezeichnete Arbeit, Jake! Schauen wir uns an, was wir hier haben." antwortete Herman enthusiastisch. Herman trug eine Leiter zu der Statue und kletterte hinauf, bis er die Truhe erreichte. Als er die Stelle erreichte, die Jake entdeckt hatte, beugte sich Herman vor, untersuchte die Stelle und drückte mit seiner rechten Hand vorsichtig auf die Vertiefung. Ein knirschendes Geräusch ging von der Statue aus, und der Bereich Herman drückte sie zurück und gab die Ränder einer ausgefransten Papyrusrolle frei. Mit zitternden Händen zog er die Schriftrolle vorsichtig aus der Vertiefung in der Statue heraus, um sie nicht zu beschädigen. Er wusste nicht, in welchem Zustand sich die Schriftrolle befand; hoffentlich hatte die Wüstenhitze sie unversehrt erhalten können.

Herman stieg von der Leiter herunter und brachte die Schriftrolle unter das Licht. Professor Fisker eilte herbei, um zu sehen, was er gefunden hatte. Er staunte über den guten Zustand der Papyrusrolle, die mindestens dreitausend Jahre alt zu sein schien. Langsam entrollte Herman die Schriftrolle und las die Hieroglyphen, wobei das Blut aus seinem Gesicht wich, je weiter er las.

Schwach fiel er auf den Boden. Jake beugte sich hinunter und fragte, ob es ihm gut ginge. "Das ist sie; diese Schriftrolle ist eine Karte zu Sneferus Grab. Sie enthält Anweisungen, wie man alle Fallen der Architekten des Grabes selbst umgehen kann." murmelte Herman und sah schockiert zu Jake auf.

Kapitel 5: Die Pyramide

Mit angehaltenem Atem studierten Herman und Professor Fisker die alte Schriftrolle und entzifferten die kryptischen Hieroglyphen, die die Wände der Kammer und die fragile Papyrusrolle zierten. Nach langem Nachdenken kam schließlich ein Plan zustande. Die Geheimnisse der Schriftrolle enthüllten den Weg zu Sneferus legendärer Roter Pyramide, dem Höhepunkt von Sneferus Errungenschaften und Macht.

Die Jungs konnten sich ein Kichern nicht verkneifen, als sie ihren Onkel fragten, ob das bedeute, dass sie zum Anfang ihrer Eskapade zurückkehren würden, denn die Rote Pyramide befindet sich in Kairo, nicht weit von ihrem Hotel entfernt. Oh, welch süße Ironie! Die Verärgerung ihres Onkels war das Tüpfelchen auf dem i ihres schelmischen kleinen Streiches.

"Auf keinen Fall!" rief Herman und nahm eine dramatische Pose ein. "Wir marschieren vorwärts zu unserem Ziel, angetrieben von der alten Weisheit dieser heiligen Schriftrolle. Wen kümmert es schon, dass es in der Nähe des Ortes liegt, an dem wir dieses ganze Abenteuer begonnen haben? Der Ort, meine Lieben, ist irrelevant!"

Hermans Ausbruch war so übertrieben, dass die Jungen in Gelächter ausbrachen . Nur Onkel Herman konnte so eine lächerliche Rede halten, dachten sie sich und folgten ihm lachend ins Ungewisse.

Margaret strahlte die Jungen an und beobachtete mit einem Augenzwinkern, wie sie sich in einem Kicheranfall auflösten. Sogar ihr Bruder, Gott segne sein zugeknöpftes Herz, konnte sich ein Lächeln nicht verkneifen. "Oh ja, bitte macht weiter", scherzte sie und versuchte, sich ein Lachen zu verkneifen. "Es ist ja nicht so, dass wir ein altes ägyptisches Grab zu entdecken hätten."

***

Mit einem Gefühl der Dringlichkeit stieg die Gruppe in ihre wartenden Fahrzeuge, ihre Herzen schwer von der Last ihrer Aufgabe. Die Reise, die vor ihnen lag, würde voller Gefahren sein, denn das Grab war voller Fallen, die vielleicht nicht auf der Schriftrolle standen, aber sie durften jetzt nicht zögern. Ihr Ziel lag vor ihnen und winkte ihnen zu wie der Ruf einer Sirene. Und so machten sie sich zäh und entschlossen auf den Weg zur Nekropole, denn der Schatz in der Gruft des Pharaos rief sie zu sich.

Inmitten der kargen Einöde der Wüste wirbelte der Konvoi aus ramponierten Fahrzeugen eine Staubwolke auf, als sie sich ihrem Ziel näherten. Die glühende Sonne versank langsam am Horizont und warf ein feuriges Licht auf die weiten Sanddünen. Als sie sich der Stadt näherten, drangen die geschäftigen Geräusche der Zivilisation an ihre Ohren. Und dann, wie von Geisterhand, tauchten in der Ferne die majestätischen Pyramiden auf, die wie uralte Wachtürme über der Landschaft thronten und ein heiliges Land bewachten. Die Rote Pyramide, die größte von allen, stand stolz inmitten der Stadt, ihre Sandsteinblöcke leuchteten im goldenen Licht der untergehenden Sonne. Die Gruppe war ehrfürchtig und demütig angesichts der schieren Pracht des Anblicks, der sich ihr bot.

Die glühende Sonne tauchte unter den Horizont und überließ es der Gruppe, sich im schwindenden Licht durch das tückische Terrain der Wüste zu bewegen. Die warme Brise bewegte den Sand und schickte Wellen, die sich wie ein Meer aus Gold über die Dünen ergossen. Als sie in der Nähe der Roten Pyramide anhielten, lag eine spürbare Spannung in der Luft. Die Gruppe setzte sich in Bewegung, lud ihre Ausrüstung ab und errichtete einen Schutzwall aus Zelten, in denen die Männer und ihre Familien über Nacht ruhen sollten. Herman bellte Befehle, seine Stimme durchbrach die Stille der

Wüstennacht, als er die Männer anwies, ihren Zeltkreis zu befestigen. Die Gefahr durch tödliche Vipern und giftige Skorpione lauerte hinter jeder Ecke, und sie konnten es sich nicht leisten, ihre Wachsamkeit zu vernachlässigen.

Denn heute Nacht waren sie den Elementen ausgeliefert und würden in den Zelten ruhen. Herman, Margaret und Samuel kauerten um ein Feuer in der Mitte des Zeltkreises, den die Männer errichtet hatten, und studierten noch einmal die alte Schriftrolle, wobei ihre Gesichter von Sorge gezeichnet waren. Das Grab lag gleich hinter ihrem Lager, und seine Geheimnisse lockten sie nach vorne. Aber sie wussten es besser, als ihr Leben in der Dunkelheit der Nacht zu riskieren. Die Schriftrolle beschrieb die gefährlichen Fallen, die in der Gruft lauerten, und sie wagten es nicht, das Schicksal herauszufordern, da ihnen die Müdigkeit nach der schrecklichen Erfahrung vom Vortag schwer in den Knochen steckte. Nein, sie würden sich heute Nacht ausruhen und ihre Kräfte für die bevorstehenden Prüfungen auffrischen. Bei Tagesanbruch würden sie bereit sein, sich den Gefahren zu stellen, die die Gruft für sie bereithielt.

Kurz nach ihrer Ankunft kam ein Regierungsbeamter vorbei und verlangte ihre Papiere zu sehen. Die örtlichen Behörden schützten ihre Pyramiden sehr, und die touristischen Auswirkungen einer Beschädigung der Roten Pyramide würden der örtlichen Wirtschaft und dem Stolz der Einheimischen auf ihr Erbe sehr schaden. Herman legte eine Ausgrabungsgenehmigung vor, in der er die Grenzen seiner Ausgrabung und die Maßnahmen zum Schutz der Funde, die er bei seinen Nachforschungen gefunden hatte, genau darlegte. Zufrieden ging der Beamte, nachdem er ihnen viel Glück bei ihrer Suche gewünscht hatte.

Oliver und Jake sackten gegenüber ihrer Tante und ihrem Onkel müde zusammen, ihre Mägen knurrten vor Hunger. Die Gruppe kauerte um die flackernden Flammen eines behelfsmäßigen Feuers und beobachtete, wie einer der Arbeitermänner zauberte einen Topf mit einem Eintopf aus Brühe. Die Zutaten, die eilig in eine Kühlbox aus einem der Fahrzeuge gepackt worden waren, waren einfach, aber die geschickten Hände des Mannes wirkten Wunder, als er die blubbernde Mischung über den Flammen rührte. Der Duft des Eintopfs wehte durch die Luft, betörte ihre Sinne und winkte sie näher heran. Und dann, endlich, war es soweit. Die Gruppe ließ sich jeden Bissen der herzhaften Mahlzeit schmecken und war dankbar für die Nahrung, die sie durch die bevorstehende lange Nacht bringen würde.

Als die letzten Reste des Eintopfs aus dem Topf geschabt wurden, hellte sich die Stimmung der Männer nach dem harten Tag auf, und sie begannen, eine eindringliche ägyptische Volksmelodie zu summen. Langsam wurde die Melodie lauter und nahm ein Eigenleben an, als einer nach dem anderen mitsang. Die arabischen Worte waren Oliver und Jake fremd, aber die Melodie rührte an ihren Herzen und weckte in ihnen ein Gefühl von Abenteuer und Staunen. Und dann, wie in Trance, begannen die Männer zu tanzen, ihre Füße stampften einen Rhythmus in den weichen Sand, ihre Körper wiegten sich im Takt der Musik. Das Feuer warf unheimliche Schatten auf ihre Gesichter, und die Nachtluft war erfüllt vom Klang ihrer Stimmen. Für einen Moment waren sie in eine andere Zeit und an einen anderen Ort versetzt und verloren sich in der Magie des Augenblicks.

"Samuel", sagte Jake und beugte sich zu dem Mann vor, der neben ihnen saß. "Was ist die Geschichte hinter diesem Lied? Wovon handelt der Text?"

Samuel, der die anderen beim Singen und Tanzen beobachtet hatte, drehte sich zu Jake um. Er sah einen Moment lang nachdenklich aus, bevor er antwortete. "Es ist ein Klagelied", sagte er mit tiefer und feierlicher Stimme. "Das Lied erzählt die Geschichte eines Volkes, das große Verluste erlitten hat und nach einem Weg sucht, seinem Schmerz einen Sinn zu geben."

Jake nickte langsam und nahm Samuels Worte auf. "Das ist düster", sagte er schließlich. "Glaubst du, dass sie es deshalb jetzt singen, an diesem Ort?"

Samuel zuckte mit den Schultern. "Das ist möglich", sagte er. "Wir alle haben im Leben Verluste erlitten, und es ist die Art und Weise, wie wir mit diesem Verlust umgehen, die uns ausmacht. Dieses Lied erinnert uns daran, uns an unsere Liebsten zu erinnern und um sie zu trauern, aber nicht in dieser Trauer zu verweilen für immer."

Jake nickte wieder, mit einem nachdenklichen Gesichtsausdruck. Einen Moment lang saßen sie schweigend da und sahen den anderen beim Singen und Tanzen zu. Und dann begann Jake langsam die Melodie mitzusummen, mit einem Ausdruck der Verwunderung auf seinem Gesicht, als er versuchte, die uralte Melodie zu verstehen. Als Jake der eindringlichen Melodie lauschte, hatte er das Gefühl, dass die Musik tief in seine Seele eindrang und die rohen Emotionen, die er zu unterdrücken versucht hatte, beruhigte. Erinnerungen an seine Eltern überfluteten seinen Geist, und er spürte ein Engegefühl in seiner Brust, als er an all die Momente dachte, die sie nie wieder miteinander teilen würden.

Er erinnerte sich an das dröhnende Lachen seines Vaters, wie es ihr Haus in Los Angeles erfüllte und jedem ein Lächeln ins Gesicht zauberte. Er erinnerte sich an die sanften Berührungen seiner Mutter, ihre freundlichen Worte und die Art, wie sie ihn mit so viel Wärme und Liebe ansah.

Als das Lied weiterging, schloss Jake die Augen und ließ die Musik auf sich wirken. Sie war bittersüß, erinnerte ihn an alles, was er verloren hatte, erfüllte ihn aber auch mit einem Gefühl von Trost und Hoffnung. Einen Moment lang hatte er das Gefühl, als wären seine Eltern bei ihm und teilten diesen Moment der Verbundenheit mit ihrer angestammten Heimat.

Als das Lied endlich zu Ende war, öffnete Jake seine Augen und wischte sich eine Träne weg. Er schaute sich nach seiner Familie um und war dankbar für ihre Anwesenheit in seinem Leben, aber er war sich auch der Leere bewusst, die die Abwesenheit seiner Eltern hinterlassen hatte. Das Lied mochte seinen Kummer vorübergehend lindern, aber es erinnerte ihn auch an den Schmerz, der immer bleiben würde.

Jake spürte, wie Oliver ihn anstupste, und er spürte, dass sein Bruder die Bedeutung des Liedes verstand und die tiefen Gefühle, die in ihm aufstiegen. Daraufhin legte er seinen Arm um Oliver und zog ihn an sich.

Als er Oliver in die Augen sah, wusste Jake, dass er nichts zu sagen brauchte - sein Bruder wusste genau, was er fühlte. Gemeinsam fanden sie Trost in der Umarmung des anderen und ließen den Tränen freien Lauf, als die Männer ihren Gesang beendeten und begannen, sich zu den Zelten zu begeben.

Herman und Margaret traten an die Jungen heran, und ihre Herzen füllten sich mit Zuneigung, als sie den Schmerz sahen, der ihnen gezeigt worden war. Als sie sich hinknieten, nahmen sie sanft die Hände der Jungen und zogen sie in eine warme Umarmung. Samuel, der von der Intimität des Augenblicks ergriffen war, schaute Herman verlegen an und fühlte eine Mischung aus

Verletzlichkeit und Freude. Die Verbundenheit der Familie war spürbar, und die Liebe, die sie teilten, war ein wunderschöner Anblick.

Hermans Stimme bebte vor Rührung, als er zu den beiden Geschwistern vor ihm sprach. Er erkannte den Schmerz über ihren Verlust an und machte deutlich, dass zwar niemand ihre Eltern ersetzen könne, sie aber nun eine liebevolle Familie hätten, auf die sie sich verlassen könnten. "Ihr seid nicht allein, und ihr werdet es auch nie sein", sagte er. Die Wärme und Aufrichtigkeit in Hermans Worten waren Balsam für die gebrochenen Herzen der Geschwister, die spürten, wie sie von der Unterstützung und Liebe ihrer neuen Familie umfangen wurden.

"Jetzt, wo wir die Gelegenheit hatten, alles zu besprechen", sagte Margaret mit festem, aber sanftem Ton, "ist es an der Zeit, dass wir zur Ruhe kommen und uns etwas ausruhen. Morgen ist ein großer Tag, und wir alle müssen uns von unserer besten Seite zeigen." Sie wies mit einer Geste in Richtung des Zeltes der Jungen darauf hin, dass es für sie Zeit war, sich bettfertig zu machen. Margarets Worte waren eine tröstliche Erinnerung daran, dass sie alle an einem Strang zogen und dass es für den Erfolg der Gruppe wichtig war, auf sich selbst aufzupassen. Die Jungen nickten verständnisvoll und waren dankbar für das Gefühl der Struktur und Unterstützung, das Margaret ihnen gab.

***

Mit kalkulierter Gelassenheit machte sich Samuel auf den Weg in sein persönliches Zelt, vorsichtig, um keine Aufmerksamkeit auf sich zu lenken. Schnell streifte er seine Schuhe ab und zog sich ein locker sitzendes Schlafgewand an, während er gleichzeitig seine Wachsamkeit durch jahrelange Übung aufrechterhielt. Als er sich auf die Schaumstoffrolle legte, schloss er die Augen, konzentrierte sich und rief Osiris an. In seinen Gedanken folgte er dem goldenen Faden zu Osiris, denn er wusste, dass der Gott den Schlüssel zu den Geheimnissen in sich trug, die er so verzweifelt suchte. Als er die

Augen öffnete, fand er sich im opulenten Palast des Osiris wieder, und sein Herz raste vor Erwartung. Samuel wusste, dass er einen gefährlichen Weg beschritt, als er seinen Wohltäter befragte, einen Weg, der ihm große Belohnung oder verheerende Folgen bringen konnte. Er wappnete sich für alles, was vor ihm lag, und war entschlossen, die Wahrheit um jeden Preis herauszufinden.

Samuels anfängliche Scheu beim Betreten des Palastes hatte sich im Laufe der Jahrhunderte gelegt, als er sich an seine Größe und Pracht gewöhnt hatte. Er erkannte zwar immer noch die Schönheit des Ortes, aber die Ehrfurcht und das Staunen, die ihn einst überwältigt hatten, waren einem Gefühl der Vertrautheit gewichen. Es war, als wäre der Palast ein Teil seines Lebens geworden, und er konnte sich mit Leichtigkeit in seinen Hallen bewegen. Samuel konnte sich einer gewissen Melancholie nicht erwehren, als hätte er auf dem Weg dorthin etwas Wertvolles verloren. Einst hatte der Palast eine Welt der unendlichen Möglichkeiten dargestellt, doch nun war er zu einem alltäglichen Teil seiner Existenz geworden.

Seine Träumerei wurde von einer vertrauten Stimme unterbrochen, und Samuel freute sich darauf, Osiris vor sich stehen zu sehen. Der Gott war in sein königliches Purpurgewand gekleidet, sein Haupt war mit einer hohen, weiß schimmernden Krone geschmückt und er hielt ein goldenes Zepter fest in der Hand.

"Ah, Samuel, schön, dich wiederzusehen", begrüßte ihn Osiris herzlich, mit einem Hauch von Belustigung in der Stimme. "Es ist schon eine ganze Weile her, seit wir uns das letzte Mal gesehen haben, nicht wahr?" Osiris betrachtete Samuel mit einer Leichtigkeit und Vertrautheit, als wären sie alte Freunde, die sich nach langer Abwesenheit wiedersehen. Die Beiläufigkeit seiner Begrüßung täuschte über das Gewicht des Wissens und der Macht hinweg, die Osiris besaß, und Samuel wusste, dass er vorsichtig sein musste, wenn er die Gunst des Gottes erlangen wollte.

"Ja, das letzte Mal, als wir miteinander sprachen, haben Sie mir den Tipp gegeben, dass Napoleon Bonaparte das Grab finden würde und ich ihn ablenken musste. Wissen Sie, wie schwierig es war, die Osmanen dazu zu bringen, mir zu glauben, dass er kommen würde?"

"Ich kann mir vorstellen, dass das ziemlich schwierig ist, und doch hast du es geschafft." erwiderte Osiris.

Man kann es auch so ausdrücken: "Managed. Am Ende musste ich die osmanischen Soldaten angreifen und mich von ihnen in die Wüste jagen lassen, um eine Konfrontation zwischen ihnen und den Franzosen zu arrangieren, die Napoleon von der Pyramide ablenkte. Dieses Debakel hat mich fast das Leben gekostet." grummelte Samuel gereizt.

"Nun, genug der Höflichkeiten. Ich kann mir nicht vorstellen, dass du nur hier bist, um mir oder der Unterwelt einen Besuch abzustatten. Ra weiß, du warst schon oft genug hier, um dich in der Stadt auszukennen." sagte Osiris über seine Schulter und ging mit einer Geste von Samuel weg, um ihm zu folgen.

"Ich habe den Jungen gerettet, wie du es mir vor all den Jahren geraten hast. Ich möchte wissen, warum; ihr Wächter ist dabei, die Pyramide zu durchbrechen, und ich muss wissen, was ich mit ihnen tun soll. Ich kann ihnen nicht wehtun, sie sind mir ans Herz gewachsen", sagte Samuel und wurde bei dem Gedanken an die Jungen sentimental.

Als er sich auf seinen großen Thron niederließ, schien Osiris tief in Gedanken versunken. Nach einigen Momenten des Schweigens sprach er schließlich. "Ich habe euch angewiesen, diese Jungen zu retten, weil ich spürte, dass sie eine gewisse Bedeutung haben", begann er mit gemessener und ernster Stimme. "Doch selbst mit meinem göttlichen Wissen bin ich nicht in der Lage, die genaue Art ihrer Bedeutung zu erkennen. Irgendetwas an ihnen lässt vermuten, dass sie mit Anubis' Untergang in Verbindung stehen." Er hielt einen Moment inne; seine Stirn war nachdenklich gerunzelt. "Vielleicht ist es ihre Unschuld oder ihr Mut, der andere dazu inspirieren wird, sich gegen ihn zu erheben. Oder vielleicht ist es etwas Mystisches, etwas tief in ihren Seelen Verborgenes, das nicht einmal ich sehen kann.

"Du wirst sie in den Tempel begleiten und die Dinge abwarten. Bewahre die Jungen und ihre Wächter vor Schaden, aber lass das Szenario ablaufen. Zumindest wird es unterhaltsam sein, das Geschehen von hier unten aus zu beobachten."

Samuels Augen wanderten über Osiris und musterten ihn aufmerksam, während er den nachdenklichen Zustand des Gottes aufnahm. Im Gegensatz zu ihren früheren Begegnungen, bei denen Osiris respektlos und amüsant gewesen war, wirkte er jetzt anders - fast schon erniedrigt. Samuel konnte spüren, dass der Gott beunruhigt war, seine Aura war gedämpft und ließ die übliche Energie und Kraft vermissen, die er ausstrahlte. Als er genauer hinsah, bemerkte er, dass inmitten von Osiris' ehemals jugendlicher Mähne graue Haare gesprossen waren, und die einst glatte Oberfläche seines Gesichts trug nun Falten und Risse, die das Gewicht seines Alters und seiner Erfahrung verrieten.

Kichernd sah Osiris Samuel an. "Weißt du, ich kann sehen, wie du mich mit besorgten Augen anstarrst. Mach dir keine Sorgen um mich, ich komme schon klar."

"Was ist mit dir los?" fragte Samuel.

Osiris sprach in einem ernsten Ton, seine Worte trugen das Gewicht einer Gottheit, die von den Kämpfen seines Reiches belastet war. Samuel beobachtete, wie sich die Augen des Gottes vor Sorge trübten und seine Stirn sich runzelte, als Osiris von der wachsenden Macht von Anubis sprach. Es war klar, dass der Konflikt zwischen den beiden Gottheiten einen hohen Tribut von Osiris forderte, da er darum kämpfte, die Kontrolle über sein Reich zu behalten. Die Anstrengung zeigte sich in seiner hageren Erscheinung, und seine einst jugendlichen Züge trugen nun die Spuren von Alter und Erfahrung. Das einstmals üppige Haar des Gottes war nun grau geworden, ein sichtbares Zeugnis für den Tribut des andauernden Kampfes.

Samuel konnte nicht umhin, ein Gefühl der Sympathie für die Gottheit vor ihm zu empfinden, als diese von den Herausforderungen sprach, die es mit sich bringt, ein ägyptischer Gott in der modernen Welt zu sein. Er hörte aufmerksam zu, als Osiris die Schwierigkeiten erläuterte, im Zeitalter der sozialen Medien Anhänger zu gewinnen und den eigenen Einfluss in einer sich schnell verändernden Welt aufrechtzuerhalten. Trotz der Schwere seiner Probleme blieb Osiris jedoch eine Figur von großer Würde und Stärke, seine königliche die durch den Lauf der Zeit unvermindert anhält. Samuel konnte nicht anders, als ein Gefühl der Ehrfurcht und des Respekts für die Gottheit vor ihm zu empfinden, während er Zeuge der Kämpfe eines Gottes in einer Welt wurde, die sich jenseits seines Einflussbereichs befand.

"Samuel, ich bin müde. Kehr jetzt in deine Welt zurück und beschütze die Kinder. Wenn Anubis etwas versucht, besiege ihn. Befolge meine Befehle, und alles wird gut", sagte Osiris verwirrt, seine Augen waren schwer, und sein Gesicht war von Erschöpfungsfalten gezeichnet. Außerhalb des Palastes grollten die Gewitterwolken bedrohlich und spiegelten den stürmischen Zustand der Unterwelt und Osiris' Zustand wider.

Samuel verneigte sich ehrerbietig, verschwand aus dem Palast und kehrte in sein Zelt zurück.

****

Die Wüstennacht war unheimlich ruhig, als Jake und Oliver in ihrem Zelt schliefen, ohne die Gefahren zu bemerken, die draußen lauerten. Das Zelt schüttelte sich im Wüstenwind und schützte die Jungen vor der kalten Brise, während die Wüste ohne die wärmende Präsenz der Sonne kühl wurde. Plötzlich hörte das Rascheln des Zeltstoffs auf, als ob die Welt selbst zum Stillstand gekommen wäre. Eine geisterhafte Nebelfahne kroch aus dem Boden und schlängelte sich durch den Sand auf das Zelt zu. Der Mann auf der Wache, der laut schnarchend neben der verglimmenden Glut des Feuers saß, bemerkte nichts davon. Der Nebel schlüpfte durch die Klappen des Zeltes und nahm Kurs auf Jake, um ihn in seine kalte Umarmung zu hüllen.

Jake rührte sich müde und stöhnte, als der Nebel immer näher kam und seine kühlen Ranken seine Haut berührten. Er zitterte und versuchte, das seltsame Gefühl abzuschütteln, aber der Nebel schien einen eigenen Willen zu haben, während er ihn langsam einhüllte. Der Nebel schloss ihn ein, drang in seine Stirn ein und bahnte sich seinen Weg durch seine Haut in Jakes Kopf.

Jake befand sich in einem tiefen Schlummer und hatte keine besonderen Träume, als er sich plötzlich in seinem eigenen Schlafzimmer in Los Angeles wiederfand. Die Wände waren mit Postern seiner Lieblingssuperhelden geschmückt, sorgfältig arrangiert, so wie er sie zurückgelassen hatte, bevor er zu seiner Tante und seinem Onkel gezogen war. In den Regalen standen seine geliebten Action-Figuren, jede einzelne sorgfältig und präzise platziert. Als er sich aufsetzte, bemerkte er die warmen Sonnenstrahlen, die durch das Fenster fielen und den Raum in ein goldenes Licht tauchten. Das Geräusch gedämpfter Stimmen lenkte seine Aufmerksamkeit auf sich, und er erhob sich aus dem Bett, wobei seine Füße auf dem Weg zur Tür in den Plüschteppich einsanken.

Als er die Treppe hinunterging, hallte ein vertrautes dröhnendes Lachen durch das Haus und ließ Jakes Herz höher schlagen. Er folgte der Quelle des Lärms und gelangte in die Küche, wo er seine Eltern in perfekter Harmonie arbeiten sah. Seine Mutter stand am Herd und rührte sorgfältig einen Topf Suppe um, während sein Vater spielerisch mit ihr schäkerte und mit seinen Händen geschickt Gemüse auf der Arbeitsplatte schnitt und schälte. Der Duft von Zwiebeln und Knoblauch wehte durch die Luft und ließ Jake das Wasser im Mund zusammenlaufen, als er sich wieder an etwas erinnerte.

"Mama, Papa, was macht ihr hier?" Jakes Stimme war kaum mehr als ein Flüstern, als er auf die Erscheinungen seiner verstorbenen Eltern starrte. Er konnte nicht glauben, was er da sah. Sein Herz raste, während sein Verstand darum kämpfte, das Unmögliche zu begreifen.

"Komm schon, Jake. Sei nicht albern. Wir sind immer da", antwortete seine Mutter lächelnd, während sein Vater kicherte und ihm verschwörerisch zuzwinkerte. Jake stand schockiert da und konnte nicht begreifen, was da geschah. Seine Eltern waren verstorben, wie konnten sie dann vor ihm stehen und in der Küche kochen? Als er sie ansah, konnte er die vertrauten Falten in ihren Gesichtern erkennen, die Art, wie das Haar seiner Mutter in die Stirn fiel, und das Lachen seines Vaters, das viel zu real war, um ein Traum zu sein.

"Jetzt geh und hol uns ein paar Schüsseln; für Oliver brauchst du keine zu holen, er bleibt heute Nacht bei einem Freund", sagte sein Vater autoritär.

Jake nickte und holte die Schüsseln. Als er den Tisch deckte, wurde er das Gefühl nicht los, dass etwas nicht stimmte. Seine Eltern schienen so lebendig, so präsent, aber er wusste tief in seinem Inneren, dass sie bei einem Autounfall ums Leben gekommen waren. Und doch standen sie vor ihm, lachten und plauderten, als wäre nie etwas geschehen.

Während sie sich alle hinsetzten und die Suppe genossen, rang Jake nach Worten, um die Frage zu stellen, die in ihm brannte. Schließlich konnte er es nicht mehr ertragen und platzte heraus: "Wie seid ihr beide hier? Ihr seid beide gestorben."

Seine Eltern tauschten einen wissenden Blick aus, bevor sein Vater das Wort ergriff. "Wir sind wirklich hier, Jake. Es ist uns erlaubt worden, in diesem Traum zu dir zurückzukehren, zumindest dieses eine Mal."

"Was, warum?" antwortete Jake aufgebracht und verstand nicht, warum seine Eltern dort waren und wie das passieren konnte.

"Warum was, mein Lieber?" antwortete seine Mutter, die ihr Rühren unterbrochen hatte und ihn besorgt ansah.

"Warum bist du hier? Wie ist das überhaupt möglich?" fragte Jake und seine Stimme zitterte vor Rührung.

Sein Vater griff nach ihm und legte ihm beruhigend die Hand auf die Schulter. "Wir sind hier, weil wir dich lieben, mein Sohn. Und wie das möglich ist, nun, sagen wir einfach, dass wir einen Deal mit jemand Mächtigem gemacht haben."

Ein warmes Lächeln umspielte die Lippen seiner Mutter. "Wir wissen, was du mit deiner Tante und deinem Onkel gemacht hast, und wir sind voll und ganz einverstanden. Wir wollten sogar mit dir darüber sprechen. Es gibt eine Möglichkeit, wie du uns helfen kannst, wenn du in die Schule gehst Grab", sagte sie beruhigend und versuchte, Jakes Verwirrung und Ängste zu lindern.

Jakes Vater sprach in einem hoffnungsvollen, aber zögerlichen Ton, als sei er unsicher, wie sein Sohn reagieren würde.

"Jake, es gibt einen Weg, uns wieder als Familie zu vereinen", sagte er. "Wenn du die Gruft betrittst, wird eine Stimme zu dir sprechen und dich fragen, ob du bereit bist, etwas für uns zu tun. Wenn du zustimmst, können wir zurückkommen und mit dir leben. Du müsstest dann nicht mehr bei deiner Tante und deinem Onkel wohnen. Kannst du das für uns tun?"

Jake dachte einen langen Moment über die Bitte nach. Seine Eltern schienen so glücklich und lebendig zu sein, aber dennoch verspürte er ein

Gefühl des Unglaubens angesichts der Vorstellung, dass seine Eltern noch am Leben sein könnten. Wie sollte das möglich sein? Aber dann hatte er Geschichten von Pharaonen gehört, die Tote wieder zum Leben erweckten oder mit Göttern verhandelten. Wenn es sie wirklich gab, konnte er vielleicht auch seine Eltern zurückholen.

Zögernd nickend stimmte Jake zu. Er würde alles tun, um seine Eltern zurückzubringen. Während Jake sich weiter mit seinen Eltern unterhielt, ihnen fröhlich von ihren bisherigen Abenteuern erzählte und ihnen erklärte, was mit ihnen geschehen war, tauchte in den Schatten des Raumes eine unheimliche Präsenz auf. Ohne dass Jake es wusste, manipulierte Anubis die Bilder seiner Eltern, so dass Jake den Eindruck hatte, sie seien real und stünden vor ihm. Seine glühenden Augen lugten aus der Dunkelheit hervor und freuten sich über den Erfolg seiner Täuschung. Ein tiefes, gutturales Kichern entrang sich seinem verdrehten, zahnbewehrten Maul, als er sich über den Erfolg seines Plans freute. Anubis war wegen Jake gekommen, und er würde nicht ohne seine Beute gehen

Kapitel 6: Die Dinge sind nicht so, wie sie scheinen

Der Morgen begann unheimlich zu glühen, und die karmesinroten Farbtöne der Sonne färbten den Himmel mit einer unheilvollen Intensität. Die einheimischen Arbeiter drängten sich im Flüsterton zusammen, ihre Augen blickten nervös in den purpurnen Himmel. Sie wurden unruhig und begannen, über alte Flüche und böse Omen zu murmeln. Herman versuchte, seine Fassung zu bewahren, aber die Spannung auf dem Lagerplatz stieg. Er wusste, dass solche Zeichen in Ägypten oft als Warnung der Götter galten und auf eine drohende Gefahr hinweisen konnten. Die Luft war dick vor Besorgnis, als sie darauf warteten, dass das Team die Vorbereitungen für den Abstieg in die Gruft abschloss. Hermans besorgte Stimme schnitt durch die Luft, seine scharfen Befehle hallten über die Ausgrabungsstätte, während die Arbeiter hin und her huschten. Spannung lag in der Luft, spürbar und erstickend, als ob die Erde den Atem anhielt und auf das wartete, was kommen würde.

Als die Arbeiter sich eilig auf den Eintritt in die Gruft vorbereiteten, stießen sie auf ein geheimnisvolles Lager, das mindestens tausend Jahre alt zu sein schien. Die verfallenen Materialien und die uralten Werkzeuge ließen darauf schließen, dass es seit Jahrhunderten unter dem Sand verborgen vor den neugierigen Blicken der Außenwelt konserviert worden war. Hermans Herz raste, als er erkannte, dass dieses Lager zu uralten Grabräubern gehörte, die im Inneren der Pyramide und ihrer Fallen wahrscheinlich ein grausames Schicksal erlitten hätten.

Mit jedem Schritt, den sie machten, schien die Spannung in der Luft größer zu werden, als würde der Sand unter ihren Füßen den Atem anhalten. Die Arbeiter blickten sich immer wieder nervös um und beäugten misstrauisch die Schatten, die die aufgehende Sonne warf. Hermans Gemurmel wurde immer drängender, als sie sich dem Teil der Pyramide näherten, den er in seinen Notizen markiert hatte.

Sobald sie angekommen waren, begann Herman auf und ab zu gehen, um seine Berechnungen und Notizen zu überprüfen. Die Arbeiter standen derweil stramm, ihre Augen suchten nach Anzeichen von Gefahr. Die Stille war greifbar und wurde nur durch das Geräusch von Hermans Schritten auf dem Sand unterbrochen.

Hermans Augen verengten sich mit einem Gefühl der Zufriedenheit, als er seine Berechnungen beendete. Er wandte sich an die Arbeiter und gab ihnen den Befehl, an der Basis der Pyramide zu graben, um den verborgenen Eingang freizulegen. Die anderen sahen schweigend zu, wie die Männer mit ihrer mühsamen Arbeit begannen. Ihre Muskeln spannten sich an, als sie langsam den angesammelten Sand abtrugen und eine kleine Öffnung freilegten. Hermans Blick starrte auf das wachsende Loch, seine Entschlossenheit war unerschüttert, und er befahl den Arbeitern, ihre Arbeit fortzusetzen, bis der gesamte Eingang freigelegt war. Die Arbeiter schufteten unermüdlich, ihre Haut war schweißnass, und ihr Atem ging stoßweise, während sie sich gegen den unnachgiebigen Sand und den unnachgiebigen Stein stemmten.

Nach stundenlanger, mühsamer Arbeit hatte die Mannschaft endlich den Eingang zur Pyramide freigelegt, so dass sie alle gleichzeitig eintreten konnten. Der freigelegte Eingang schien ihnen mit einer unheilvollen Aura zuzuwinken und hinterließ bei der Mannschaft ein Gefühl der Vorahnung, während sie sich darauf vorbereitete, die unbekannten Tiefen der Pyramide zu betreten.

Herman wandte sich in einem tiefen, ernsten Ton an die Gruppe. "Hört alle zu. Jake, Oliver, Margaret, ich möchte, dass ihr die ganze Zeit hinter mir bleibt. Samuel, ich möchte, dass du mit mir vorangehst." Er machte eine Geste in Richtung Samuel und bedeutete ihm, sich neben ihn zu stellen. Die

Gruppe nickte zustimmend, ihre Augen waren mit einer Mischung aus Angst und Erwartung gefüllt.

Als die Gruppe durch den grob gemeißelten Tunnel tiefer in die Pyramide vordrang, wurden sie das Gefühl nicht los, dass sie beobachtet wurden. Die Überreste alter Handwerkszeuge, die in der Nähe des Eingangs zurückgelassen worden waren, schienen Hermans Vermutungen über das Schicksal der Grabräuber zu bestätigen, aber es machte sie auch unruhig. Ein modriger Geruch lag in der Luft, und die einzigen Geräusche waren das Echo ihrer Schritte und das gelegentliche Flattern der Flügel einer Fledermaus. Jedes Mitglied der Gruppe hielt seine leistungsstarke Taschenlampe fest umklammert, um den Weg in die unbekannten Tiefen der Pyramide zu erhellen.

Sie gingen eine Zeit lang schweigend weiter, bis sie an einer Gabelung des Tunnels abrupt stehen blieben. Herman überprüfte die Notizen, die er hatte, und wies sie an, geradeaus weiterzugehen, da der Tunnel leicht gebogen war. Als sie um die Biegung bogen, fanden sie einen Abschnitt, der sorgfältiger gearbeitet zu sein schien als der Rest des Tunnels, mit schmalen Schlitzen, die über mehrere Meter in die Wände gehauen waren.

Herman brachte die Gruppe zum Stehen und suchte mit seinen Augen die Wände nach Anzeichen von Gefahr ab. Es dauerte nicht lange, bis er fand, was er suchte: eine kleine, geschickt in den Stein gehauene und im Schatten verborgene Nische. Er beugte sich vor und fuhr mit den Fingern über die rauen Kanten der Nische, bis sie an einem kleinen steinernen Griff hängen blieben. Mit einer schnellen Drehung drehte sich der Griff um 180 Grad, und die Gruppe hörte ein lautes, bedrohlich klingendes Geräusch hinter den Wänden des Tunnels.

Aber Herman war noch nicht fertig. Er wandte sich der gegenüberliegenden Wand zu und entdeckte eine weitere Nische, die noch raffinierter versteckt war als die erste. Wäre die alte Schriftrolle nicht gewesen, die ihm den Weg wies, hätte er sie wahrscheinlich übersehen. Seine Finger fanden erneut den steinernen Griff, und mit einer geschickten Drehung drehte er ihn genauso wie den ersten. Ein weiteres lautes Geräusch hallte durch den Tunnel, und die Gruppe wusste, dass sie nur knapp einer tödlichen

Falle entgangen war.

Mit vorsichtigen Schritten folgte die Gruppe dem nun ansteigenden Tunnel, bis er sich zu einem Vorsprung öffnete, der einen Blick auf eine massive runde Kammer bot. Herman atmete heftig aus, Seine Augen musterten die Szene vor ihm mit einer Mischung aus Ehrfurcht und Beklemmung. Der Raum war still, bis auf das leise Rascheln ihrer Kleidung und das gedämpfte Flüstern der Gruppe. Zehn Podeste standen im Umkreis der Kammer, sieben davon trugen eine Mumie, die fest in Bandagen eingewickelt war. Sieben der Mumien waren mit blutbefleckten Stoffbinden geschmückt, mit deutlich sichtbaren Stichwunden über ihren Herzen. In der Mitte des Raumes stand der größte Sockel, auf dem der goldene Sarkophag des großen Sneferu stand. Seine Oberfläche schimmerte im Licht ihrer Taschenlampen, und die darauf eingravierten Hieroglyphen leuchteten in einem fast ätherischen Glanz. Am anderen Ende der Kammer überragte eine massive Steinplattform alles.

Mit entschlossenem Schritt ging Herman eine steile Steinleiter hinunter, die in den Rand der Kammer gemeißelt war. Seine Neffen Jake und Oliver krabbelten eifrig hinter ihm her, aufgeregt, das uralte Grab zu erkunden. Margaret hingegen folgte ihm zögernd und ließ ihren Blick durch den unheimlich stillen Raum schweifen. Das Schlusslicht bildeten die drei Arbeiter, die mitgebracht worden waren, um beim Heben von schweren Gegenständen zu helfen. Samuel blieb allein auf dem Sims, seine Gestalt verschmolz nahtlos mit den Schatten, während er eine schimmernde Klinge aus ihrer verborgenen Scheide zog. Mit geradem Rücken und wachsamem Blick wachte er über die Kammer, mit allen Sinnen auf jede mögliche Bedrohung eingestellt.

Herman eilte zum Sarkophag von Sneferu und seine Augen leuchteten vor Aufregung, als er sich dem uralten Relikt näherte. "Jungs, kommt und seht euch das an! Es ist unglaublich!", rief er und gestikulierte wild auf den unberührten Sarkophag vor ihm. Er bestaunte den Anblick und konnte seine Begeisterung kaum zügeln, als er das Alter und die Erhabenheit des Objekts vor sich sah. "Dieser Sarkophag liegt seit Tausenden von Jahren hier, ungestört, und hat darauf gewartet, dass wir ihn freilegen. Es ist wirklich phänomenal!"

Jake und Oliver liefen hinüber und bestaunten den Sarkophag. Sie sahen sich kurz an, dann verstummten beide und starrten gebannt auf den goldenen Sarkophag "Sieh nur, wie schön es ist", sagte Jake aufgeregt und bewunderte die Handwerkskunst, während Oliver sich hinkniete, um die Hieroglyphen mit seinen Fingern nachzuzeichnen und zu entziffern.

Wie aus dem Nichts ließ ein beunruhigendes Rascheln der Gruppe einen Schauer über den Rücken laufen, so dass sie sich erschrocken umdrehten. Zu ihrem Entsetzen sahen sie drei mumifizierte Priester, die langsam aus der Dunkelheit auftauchten und deren trockene und verdorrte Gliedmaßen bei jeder Bewegung knarrten. In Sekundenschnelle wurden die Arbeiter von den knochigen Armen der Priester gepackt, und ihre Angstschreie hallten durch die Kammer. Wie von ihren Schreien herbeigerufen, materialisierten sich sieben weitere Priester, umringten den Rest der Gruppe und verhinderten jede Hoffnung auf Flucht. Die Luft war erfüllt von den unheilvollen Gesängen der Priester, deren Absichten unbekannt und unheilvoll blieben.

Die drei Arbeiter spürten, wie ihre Schreie gedämpft wurden, als sie schnell in enge, einschnürende Bandagen gewickelt wurden. Sie wehrten sich vergeblich gegen ihre Angreifer, wurden aber überwältigt und zu den verbleibenden leeren Podesten rund um den Raum gezerrt. Als sie an den kalten, harten Stein gefesselt wurden, spürten sie, wie ihre Glieder bewegungsunfähig wurden und ihr Körper von Dunkelheit umhüllt wurde. Die gespenstische Stille der Gruft wurde nur noch von ihren gedämpften Schreien und dem unheimlichen Lachen der mumifizierten Priester durchbrochen.

Jake, Oliver, Margaret und Herman waren von Angst ergriffen, als sie gewaltsam zu der erhöhten Plattform in der Kammer gezerrt wurden. Die Priester, die mit ihnen umgingen, trugen zerschlissene Gewänder und ihre Augen leuchteten mit einer jenseitigen Aura. Zwei Oberpriester, deren Stäbe einen rubinroten Edelstein trugen, traten von der Rückseite der Plattform hervor und näherten sich ihnen mit langsamen, bedächtigen Schritten. Die Gesänge wurden lauter und intensiver und jagten ihnen einen Schauer über den Rücken.

Die Stäbe der Oberpriester strahlten ein unheimliches rotes Licht aus, das den Raum erhellte und einen unheimlichen Schein auf die Gesichter der verängstigten Gefangenen warf. Jake, Oliver, Margaret und Herman konnten spüren, wie die Macht der Priester sie durchströmte ihre Körper, entzogen ihnen ihren Willen und ließen sie hilflos zurück. Entsetzt beobachteten sie, wie die Oberpriester näher kamen und ihre Augen nun wie glühende Kohlen in der Dunkelheit glühten. Die Gesänge wurden lauter und wilder, und der Raum begann durch die Kraft der Priester zu beben. Mit einem letzten, markerschütternden Schrei gaben die Oberpriester den anderen ein Zeichen, und die Dolche wurden gewaltsam in die Brust der Arbeiter gestoßen.

Als die Opferzeremonie ihren Höhepunkt erreichte, sendeten die Stäbe der Priester einen blendenden roten Lichtstrahl aus, der auf Sneferus Sarkophag zuflog. Der Boden bebte heftig, als das Licht in den uralten Sarg eindrang, und die Luft füllte sich mit dem üblen Gestank von Tod und Verwesung. Der Raum war in eine unheimliche Stille gehüllt, und das einzige Geräusch, das man hören konnte, war das Heulen des Windes, der die Seelen der Verdammten durch die Kammer zu tragen schien.

Die Luft füllte sich mit einer dicken Staub- und Schuttwolke, als der Inhalt des Sarkophags ein unheimliches Stöhnen von sich gab, das in der dunklen Kammer widerhallte. Der Boden unter ihren Füßen zitterte, als sich der Stein unter einer unsichtbaren Kraft zu drehen und zu winden schien. Jake, Oliver, Margaret und Herman stolperten rückwärts und ihre Augen weiteten sich vor Entsetzen, als sie ungläubig zusahen. Es war, als ob die Gruft selbst lebendig wäre und sie alle verschlingen würde. Schließlich stürzte der Sarkophag in sich zusammen, und Trümmer wurden durch die Kammer geschleudert.

Als sich der Staub verzogen hatte, tauchte eine Gestalt aus den Trümmern des Sarkophags auf. Es war Sneferu, aber er war weder eine Mumie noch ein Mensch. Er war etwas ganz anderes. Sein nackter, durchtrainierter und muskulöser Körper pulsierte in einem kranken grünen Licht, und seine Augen brannten mit einem ätherischen Feuer. Die Priester fielen in Anbetung auf die Knie, ihre Körper waren von Angst und Ehrfurcht gezeichnet. Sneferu näherte sich der Plattform, seine Bewegungen waren langsam und bedächtig. Seine Stimme dröhnte und hallte durch die Kammer, als er in altägyptischer

Sprache zu den mumifizierten Priestern sprach. Sie begannen, ihn mit aufwendigen Roben und reichen Gewändern zu bekleiden, wie es sich für ein Königshaus gehörte, und reichten ihm ehrfürchtig einen der Stäbe, die die Oberpriester langweilig.

Sneferus Augen glitzerten mit einer unmenschlichen Intensität, und die Familie spürte, wie ihre Herzen einen Schlag aussetzten, als sie seine Stimme hörten, die in der Kammer schmerzhaft widerhallte. Er drehte sich zu Jake um, und sein Blick schien sich in die Seele des jungen Mannes zu bohren. "Es ist an der Zeit, Auserwählter", sagte Sneferu mit einer Stimme, die wie Nägel auf einer Kreidetafel knirschte. "Ehre mich, wie es deine Eltern befohlen haben, und du sollst mir mit ihnen in alle Ewigkeit dienen."

Olivers Herz pochte in seiner Brust, als er sah, wie sein älterer Bruder aufstand und vor Sneferu kniete, um die Hand des alten Pharaos zu küssen und ihm seine Treue zu schwören. Als er sich an Sneferus Seite umdrehte, konnte Oliver sehen, dass Jakes einst so lebendige und strahlende Augen eine furchtbare Verwandlung durchgemacht hatten. Das Weiß um seine Iris war durch eine abgrundtiefe Schwärze ersetzt worden, ohne jegliche Wärme oder Seele. Die Essenz seines Wesens schien ausgelöscht worden zu sein und hinterließ eine leere Hülle, ein Gefäß für die dunkle Macht, die ihn nun kontrollierte. Der Anblick war faszinierend und erschreckend zugleich, denn es war, als wäre der Mensch, den sie kannten und liebten, von etwas Außerirdischem und Bösartigem verschlungen worden.

Der Stoff von Jakes moderner Kleidung schien sich in Nichts aufzulösen und wurde durch Gewänder aus feinem Leinen ersetzt, die mit Gold und Juwelen verziert waren. Die Gewänder schmiegten sich an seinen Körper und passten ihm perfekt, als wären sie für ihn maßgeschneidert worden. Die Art und Weise, wie sie ihn umhüllten, hatte etwas Beunruhigendes, als wären sie lebendig und würden sich mit einem eigenen Willen drehen und winden. Es war, als ob die Roben von einer dunklen Magie durchdrungen waren.

Olivers Gedanken rasten, als er versuchte, sich einen Reim auf das Geschehen zu machen. War Jake von der Macht des Anubis besessen gewesen? War er wirklich für immer verschwunden? Die Luft in der Gruft wurde dick und schwer, als Sneferus Präsenz die Kammer erfüllte, und Oliver wusste, dass sie alle in großer Gefahr waren.

Mit einem finsteren Grinsen auf dem Gesicht trat Sneferu näher an Oliver heran und drohte über ihn mit einer bedrohlichen Präsenz. "Deine vergeblichen Versuche, mich aufzuhalten, haben das Unvermeidliche nur hinausgezögert", spottete er. "Du wirst auf eine Weise leiden, die du dir nicht einmal vorstellen kannst, bevor du im Tempel der Unterwelt dein Ende findest.

Olivers Herz raste, als er endlich die Realität begriff: Dies war nicht der alte Sneferu, der Pharao von Ägypten. Die Gestalt vor ihm war ein unheiliges Wesen, eine finstere Macht, die von Sneferus Körper Besitz ergriffen und ihn nach ihrem eigenen Willen verdreht hatte. Der einst große Herrscher stand nun vor ihnen, seine Augen glühten in einem unheimlichen Licht und sein Gesicht war von Bosheit verzerrt. Oliver wusste, dass sie sich in der Gegenwart eines uralten Übels befanden, einer Kraft, die sie nicht verstehen konnten.

Mit einem bedrohlichen Kichern starrte Sneferu die Familie vor sich an. "Ja, jetzt kennst du die Wahrheit, Jüngling", sagte er, und seine Stimme triefte vor Bosheit. "Ich bin nicht Sneferu, der Schwache und Ohnmächtige. Der Narr glaubte, mich, Anubis den Unendlichen, den Großen, den Allmächtigen, anzuflehen. Er wollte unsterblich sein, und ich habe ihm diesen Wunsch erfüllt", fuhr Sneferu fort, wobei seine Worte mit Gift durchsetzt waren. "Er wird für immer unsterblich sein, als Körper und als Bild, aber nicht als Mensch. Schon jetzt verrottet er in meiner Unterwelt, gequält und gepeinigt bis in alle Ewigkeit." Während er sprach, glühten seine Augen in einem ätherischen Licht und erfüllten den Raum mit einer unheimlichen, jenseitigen Aura, die ihnen eine Gänsehaut bescherte.

Herman sah aus, als wollte er etwas sagen, doch seine Worte blieben ihm im Hals stecken, als Sneferu, oder besser gesagt, Anubis, ihm seine finsteren Augen zuwandte. "Die Götter sind sehr real, Sterblicher", sagte er mit tiefer, bedrohlicher Stimme. "Und sie sind nicht freundlich zu denen, die an ihrer Existenz oder ihrer Macht zweifeln." Herman spürte, wie ihm der kalte Schweiß auf der Stirn ausbrach, als ihm die Schwere seines Fehlers bewusst wurde.

Anubis streckte seine kränklich leuchtende Hand nach Herman aus, und als er das tat, wurde die Luft um sie herum von einer nervtötenden Energie erfüllt. Hermans Körper begann zu krampfen und zu strampeln, als ob er einen Stromschlag bekommen würde, und seine Schreie erfüllten den Raum mit einer durchdringenden Qual, die ewig zu dauern schien. Seine Glieder verdrehten und verrenkten sich auf unmögliche Weise, als ob Anubis ihn seinem Willen unterwerfen würde. Oliver und Margaret sahen entsetzt zu, unfähig, sich zu bewegen oder wegzusehen als Herman unter dem Griff von Anubis litt.

Während Anubis sich auf Herman konzentrierte, trat Samuel aus dem Schatten hervor, zog seine Klinge mit einer schnellen Bewegung aus der Scheide und sprang auf Anubis zu. Anubis wandte seinen Blick von Herman ab, der schluchzend zu Boden fiel, und schwenkte mit tödlicher Präzision auf Samuel zu. Das Geräusch von klirrendem Metall erfüllte die Kammer, als Anubis seinen Stab erhob, um Samuels Angriff abzuwehren, und den Schlag mit Leichtigkeit abwehrte. Samuel ließ sich nicht entmutigen und stürzte sich erneut auf ihn, wobei er mit Präzision und Wildheit zuschlug. Anubis konterte mit einer Reihe von Schlägen, von denen jeder nur knapp Samuels Kopf verfehlte.

Samuel tanzte um Anubis herum, seine Bewegungen waren geschmeidig und anmutig, während er den Angriffen des Gottes auswich. Anubis knurrte frustriert, seine Augen glühten vor Zorn und er schwang seinen Stab mit neuer Kraft. Samuel holte aus und schlug nach Anubis' Mitte, aber der Gott war zu schnell und blockte den Schlag mühelos ab. Die beiden umkreisten einander in einem tödlichen Tanz.

Die Luft war dick vor Spannung, als der Kampf weiterging und jeder Kämpfer dem anderen einen Schlag nach dem anderen versetzte. Anubis war nicht nur ein geschickter Krieger, seine Bewegungen waren flüssig und präzise, sondern er hatte auch die Kraft und Ausdauer eines Gottes. Ihre Waffen prallten immer wieder aufeinander, so dass Funken in alle Richtungen flogen.

Der Raum hallte vom Klirren des Stahls wider, als Samuel und Anubis sich einen erbitterten Kampf lieferten. Jede Bewegung Samuels war kalkuliert, jeder Schwung seiner Klinge präzise, aber Anubis bewegte sich mit einer übernatürlichen Geschwindigkeit und Anmut und parierte jeden Schlag mit Leichtigkeit. Die Arme des alten Kriegers begannen unter der Belastung des unerbittlichen Angriffs zu ermüden, und er wusste, dass er dieses Tempo nicht ewig durchhalten konnte.

Anubis hingegen schien den Kampf zu genießen. Mit einem bösen Grinsen im Gesicht tanzte er um Samuel herum, wirbelte seinen Stab herum und holte zu blitzschnellen Schlägen aus, denen Samuel kaum ausweichen konnte. Samuels Gedanken raste, als er versuchte, eine Schwachstelle in der Verteidigung des Gottes zu finden, aber es schien keine zu geben.

Als sie kämpften, begann der Raum zu beben, und die Wände brachen unter der Wucht ihres Kampfes. Staub und Trümmer regneten von der Decke herab, als Anubis einen mächtigen Schlag auf Samuels Brust landete, der ihn zu Boden stürzen ließ. Samuel kämpfte, um wieder auf die Beine zu kommen, aber er wusste, dass es nur eine Frage der Zeit war, bis Anubis erneut zuschlagen würde, und dieses Mal würde er hilflos sein.

Anubis blieb stehen und sein Lachen hallte durch die Kammer, während Samuel sich mühsam wieder aufrappelte. "Es ist schade", spottete Anubis, "dass du all die Jahrtausende auf diesen Moment gewartet hast, nur um jetzt am Rande der Niederlage zu stehen." Er leckte sich über die Lippen, ein grausames Grinsen breitete sich auf seinem Gesicht aus. "Es wird mir ein großes Vergnügen sein, dich in meiner Unterwelt zu haben, wo wir uns bis in alle Ewigkeit aneinander erfreuen können."

"Während du hier hilflos liegst, sollst du wissen, dass ich diese Welt für immer verändern werde", höhnte Anubis und richtete seine Aufmerksamkeit auf die Decke der Kammer und den Himmel darüber. Seine Stimme dröhnte mit einer solchen Intensität, dass sie das Gewebe der Realität zu erschüttern schien. Mit einem donnernden Schlag seines Stabes schoss ein Strahl blendenden Lichts zur Spitze der Pyramide empor und löschte alles in seinem Weg aus. Die gewaltige Explosion von Trümmern und Staub regnete auf die nahe gelegene Stadt nieder und verursachte Chaos und Zerstörung. Autos kamen kreischend zum Stehen, und die Menschen standen wie erstarrt vor Schreck, als sie dieKatastrophe sahen.

Als Anubis sich auf ihn stürzte, um den letzten Schlag auszuführen, sah Samuel mit einem Gefühl der Resignation zu ihm auf. Er wusste, dass er dem Gott nicht gewachsen war, aber er würde nicht kampflos untergehen. Er sammelte seine letzte Kraft und stieß einen durchdringenden Schrei aus:

"Osiris!" Der Schrei hallte durch das Grab, prallte an den Wänden ab und hallte in Anubis' Ohren. Der Gott heulte vor Wut und stürzte sich auf Samuel, aber es war zu spät. Eine Welle aus goldenem Licht brach aus dem Boden hervor, verschlang Samuel, Oliver, Herman und Margaret und trug sie in Sicherheit.

Kapitel 7: Ein Betrüger in unserer Gegenwart

Die Körper der Gruppe zuckten, als sie sich in der Unterwelt materialisierten, und der Anblick, der sich ihnen auf Osiris' Balkon bot, ließ sie vor Angst erstarren. Die einst majestätische Stadt unter ihnen war nun ein Schauplatz des totalen Chaos und der Zerstörung. Die Luft war erfüllt von den gequälten Schreien gepeinigter Seelen, die von den tobenden Stürmen und Unwettern, die die Stadt heimsuchten, umhergeworfen wurden. Flammen loderten hoch und warfen ein unheimliches Licht auf die zerstörten Gebäude und Straßen, die in Trümmern lagen. Der Boden bebte heftig und riss in großen Spalten auf, als das Gewebe der Realität durch die katastrophalen Kräfte zerrissen wurde. Samuel konnte spüren, wie sich das Machtgleichgewicht zwischen den Göttern verschob, denn der Kampf zwischen Osiris und Anubis drohte, ungeahnte Schrecken über die Unterwelt zu bringen.

Die Gruppe stand schockiert da und blickte auf den einst glorreichen Palast des Osiris, der nur noch ein Schatten seiner selbst war. Die hoch aufragenden Alabastersäulen zitterten und splitterten unter dem unerbittlichen Ansturm des draußen tobenden Sturms. Was einst ein Monument von göttlicher Schönheit gewesen war, war nun ein verfallenes und verfallendes Bauwerk mit rissigem Mauerwerk und angeschlagenem Blattgold. Es war, als würde die Essenz der Unterwelt den Palast zerfressen und ihn mit Verfall und Zerstörung infizieren. Samuel spürte ein Gefühl des drohenden Untergangs, als er erkannte, dass der Machtkampf zwischen Osiris und Anubis das Gefüge der Unterwelt zerriss, und Osiris war eindeutig nicht auf der Gewinnerseite.

Samuel ging ins Innere des Palastes und rief nach Osiris, der nach ihm suchte. Aus den Hauptbereichen kam keine Antwort, und er begann, weiter im Inneren des Palastes zu suchen, während die verwirrte Gruppe ihm folgte.

"Samuel, wo in aller Welt hast du uns hingeführt?" rief Oliver mit einer Stimme, in der ein Gefühl der Dringlichkeit mitschwang. Herman und Margaret, die verwirrt und verwirrt wirkten, konnten nur zustimmend nicken.

Abrupt beendete Samuel seine Suche und drehte sich zu seiner Familie um. "Ich muss gestehen, dass ich euch die Wahrheit vorenthalten habe", gab er mit ernster Miene zu. Er seufzte abwesend, bevor er die verblüffende Enthüllung vortrug. "Wir befinden uns hier in den heiligen Mauern des Palastes von Osiris, dem allmächtigen Gott der Unterwelt und des Jenseits. Vor langer Zeit schlossen er und ich einen feierlichen Pakt, um das Grab zu schützen und Anubis daran zu hindern, die Kontrolle zu erlangen. Bedauerlicherweise waren unsere Bemühungen vergeblich."

Herman beugte sich eifrig vor und fragte: "Samuel, wenn Sneferu schon seit Tausenden von Jahren dort begraben liegt, wie alt bist du dann?"

"Ich wurde im Jahr 1165 in Jerusalem geboren", verriet Samuel. "Ich stolperte 1201 über das Grab von Sneferu, als ich auf der Suche nach den schwer fassbaren Schriftrollen der Macht war, von denen in meiner Kultur gesprochen wird. Ich entkam nur knapp und verdanke mein Leben Osiris, der mich unter seine Fittiche nahm. Seitdem stehe ich in seinen Diensten und habe ihm über 800 Jahre lang treu gedient. Er ist ein gerechter Gott, wenn auch in den besten Zeiten ein seltsamer", fügte er hinzu und wirkte sichtlich erleichtert, seine geheime Last mit den anderen Sterblichen zu teilen.

Olivers Stimme wurde immer wütender und verzweifelter, als er sich Samuel gegenübersah. "Du willst uns sagen, dass du seit über acht Jahrhunderten lebst, dass du die ganze Zeit wusstest, welche Schrecken in dieser Gruft auf uns lauerten, und dennoch nichts getan hast, um es zu verhindern oder Jake zu retten?" Seine Augen quollen über vor Tränen, als er sich an den leblosen Blick seines älteren Bruders erinnerte, als sie aus der Gruft verschwanden.

Samuel senkte niedergeschlagen den Kopf und nickte. "Ich habe den strikten Befehl erhalten. Ich habe getan, was ich konnte, um dich zu schützen. Ich wollte dich unbedingt vor den Gefahren warnen, aber das war mir verboten. Was Jake angeht, tut es mir wirklich leid. Ich habe keine Ahnung, wie Anubis es geschafft hat, ihn so schnell zu holen."

"Was auch immer in der Vergangenheit geschehen sein mag, unsere größte Sorge muss die Gegenwart sein und wie wir Anubis entgegentreten können", erklärte Samuel mit entschlossener Stimme. "Wir können nicht zulassen, dass er die Welt verwüstet und das natürliche Gleichgewicht stört. Wir müssen Osiris aufspüren, er muss hier irgendwo sein."

Ohne ein Wort zu sagen, drehte sich Samuel auf dem Absatz um und nahm seine Suche wieder auf, wobei er die Familie mit offensichtlicher Vertrautheit mit seiner Umgebung durch den labyrinthischen Palast führte. Als sie an Osiris' Thronsaal vorbeikamen, betraten sie einen Teil des Palastes, der sein privates Wohnquartier zu sein schien. Dort stießen sie auf eine schwache und ausgemergelte Gestalt, die auf einem prächtigen Seidenbett lag - Osiris selbst. Nach Atem ringend lag er da und sah altersschwach und alt aus. Seine Haut war aschfahl und zerbrechlich, mit tiefen Falten und Altersflecken, die sich in sein Antlitz gegraben hatten. Sein langes, zerzaustes Haar war von einem schimmernden Weiß, das sein hohes Alter und seine Gebrechlichkeit verriet. Seine Augen schimmerten silbrig und waren von einem Schleier aus grauem Star umwölkt.

Samuel kniete neben dem Bett und sah Osiris traurig an. "Osiris, kannst du mich hören? Bist du wach?", fragte er zögernd.

Mit schwacher und zittriger Stimme antwortete Osiris sardonisch und sah zu Samuel hinüber: "Ja, Samuel, ich weiß von deiner Ankunft. Ich heiße auch Oliver, Herman und Margaret willkommen. Ich würde aufstehen, um euch zu begrüßen, aber wie ihr sehen könnt, bin ich nicht bei bester Gesundheit. Ich bedaure, dass Sie diesen Ort nicht in seiner früheren Pracht sehen konnten. Samuel, wenn du mir bitte helfen würdest, mich aufzusetzen. "

Samuel beugte sich hinunter und hob die schwache Gottheit behutsam hoch, brachte sie in eine sitzende Position und legte weiche Kissen hinter sie, um ihren Kopf zu stützen.

"Es scheint, dass es dir nicht gelungen ist, Anubis an der Ausführung seines Plans zu hindern", sagte Osiris schwach, "wie mein derzeitiger Zustand beweist. Es ist ihm gelungen, Sneferu wiederzubeleben und von ihm Besitz zu ergreifen, so dass meine Kräfte stark geschwächt sind. Anubis ist dabei, mich zu überwältigen und mir meine Kraft zu entziehen. Außerdem schwächt mich seine Anwesenheit auf der sterblichen Ebene weiter und beschleunigt sein Wachstum."

"Was können wir tun?" forderte Oliver, dessen Stimme vor Rührung knackte. "Mein Bruder ist immer noch da drin, und er war nicht mehr er selbst, als wir ihn zuletzt gesehen haben. Ich weigere mich, ihn bei Anubis zurückzulassen!"

Osiris gluckste schwach, seine Stimme zitterte mit einem Hauch seiner früheren jugendlichen Energie und seines Humors. "Er ist ziemlich temperamentvoll, nicht wahr?", bemerkte er zu Samuel. "Ich kann verstehen, warum du ihn magst."

"Anubis hat von deinem Bruder Besitz ergriffen und ihn davon überzeugt, dass er deine Eltern zurückbringen kann. Aber weder Anubis noch ich können das tun; deine Eltern sind weitergezogen und ruhen jetzt im Jenseits. Dein Bruder war sich dieser Tatsache nicht bewusst und wurde mit dem falschen Versprechen ihrer Rückkehr gelockt, so dass er schließlich ein Diener von Anubis wurde", erklärte Osiris Oliver mit feierlichem Ton.

"Obwohl es theoretisch möglich ist, die Besessenheit rückgängig zu machen, weiß ich nur von einer Person in der Geschichte, die die Besessenheit eines Gottes überlebt hat. Er wurde von jemandem gerettet, den er liebte, aber diese Person bezahlte dafür mit ihrem eigenen Leben. Bist du bereit, dieses Opfer zu bringen, junger Mensch?" fragte Osiris, dessen Stimme immer noch schwach und zittrig war.

"Es muss doch einen anderen Weg geben!" warf Samuel ein, und seine Stimme erhob sich vor Leidenschaft. "Wir können Oliver nicht opfern, um Jake zu retten. Es muss eine andere Lösung geben."

"Wir werden Oliver nicht opfern. Was für ein verdammter Gott bist du, wenn du nicht einmal einen unschuldigen Jungen retten kannst, ohne einen so schrecklichen Preis dafür zu verlangen?" Auch Herman meldete sich zu

Wort, seine Stimme war von feuriger Empörung erfüllt. Margaret schaute ebenso empört über den Vorschlag, stand fest an seiner Seite und starrte Osiris mit giftigen Dolchen an.

Trübe Augen betrachteten die Gruppe nachdenklich. "Es gibt vielleicht eine andere Möglichkeit. Oliver wird die Macht der Besessenheit über Jake brechen müssen, indem er an die Liebe seines Bruders zu ihm appelliert. Dann muss Anubis von seinem eigenen Diener ins Herz gestochen werden, was seine Macht über Sneferus sterbliche Gestalt brechen und ihn in die Unterwelt zurückbringen sollte. Sobald dies geschehen ist, kann ich einen Teil meiner eigenen Kraft opfern, um Oliver und Jake am Leben zu erhalten. Das hat allerdings seinen Preis, denn meine Macht ist sehr begrenzt. Du wirst deine Unsterblichkeit verlieren, Samuel."

Stille erfüllte den Raum, als Osiris' Worte eintrafen. Samuel spürte, wie sich ein Kloß in seinem Hals bildete, als ihm der Ernst der Lage bewusst wurde. Er hatte immer gewusst, dass Unsterblichkeit keine Garantie war, aber sie freiwillig aufzugeben, um ein Kind zu retten, das er kaum kannte. Es war eine Entscheidung, die den Verlauf seines Lebens für immer verändern würde.

Er drehte sich zu Oliver um und sah die Entschlossenheit in seinen Augen. Er wusste, dass Oliver alles tun würde, um Jake zu retten, selbst wenn es bedeutete, sich selbst zu opfern. Samuel holte tief Luft und sprach, seine Stimme war trotz des Aufruhrs in seinem Herzen ruhig.

"Ich werde es tun. Was auch immer nötig ist, um Jake zu retten, ich werde es tun."

Osiris nickte mit geschlossenen Augen, und ein Strom der Macht durchflutete den Raum und konzentrierte sich auf Samuel. Die Gruppe beobachtete ehrfürchtig, wie ein strahlendes Leuchten ihn einhüllte und ein Windstoß sein Haar wild durchpeitschte, bevor er plötzlich aufhörte.

Als der Wind abflaute, spürte Samuel eine plötzliche Schwäche in sich aufsteigen. Da wusste er, dass er sterblich geworden war. Es war ein seltsames Gefühl, und doch verspürte er eine unerwartete Erleichterung. Es war, als wäre ihm eine große Last von den Schultern genommen worden, von der er nicht einmal wusste, dass er sie die ganze Zeit getragen hatte.

Trotz des Verlusts seiner Unsterblichkeit fühlte sich Samuel so lebendig und frei wie seit Jahrhunderten nicht mehr.

"Es ist vollbracht." sagte Osiris, der noch gebrechlicher aussah als zuvor, als mehr von seiner Kraft verbraucht war.

"Wie sollen wir zur Erde zurückkehren, jetzt, da ich die Kräfte verloren habe, die du mir verliehen hast? Ich kann uns nicht einfach nach Ägypten zurückbringen. Und wie sollen wir gegen Anubis kämpfen, der inzwischen eine ganze Armee von Anhängern um sich geschart haben muss?" fragte Samuel Osiris.

"Ich fürchte, dass ich in dieser Angelegenheit keine große Hilfe sein kann; meine Kräfte sind fast völlig erschöpft. Ihr müsst es selbst herausfinden. Aber vielleicht gibt es eine überraschende Quelle, die dir zur Verfügung steht", antwortete Osiris und deutete auf Margaret, die ruhig in der Nähe saß.

"Erinnern Sie sich, Samuel, als ich meine Abneigung dagegen zum Ausdruck brachte, dass irgendwelche Regierungsinspektoren hierher kommen, um meine Leitungen und Klempnerarbeiten unter die Lupe zu nehmen? Nun, das schloss Agenten der I.G.A. ein", bemerkte Osiris in einem trockenen Ton.

"I.G.A.-Agent?" fragte Samuel mit verwirrter Miene. "Was ist die I.G.A.?"

"I.G.A. steht für Inter-Godmental Authority", erklärt Osiris trocken. "Sie überwachen die Beziehungen zwischen den Göttern und sorgen dafür, dass die Rollen eingehalten werden. Margaret dort drüben ist eine ihrer Agentinnen, ihrer Aura nach zu urteilen. Samuel, du hast eine Agentin in mein Haus gebracht. Unter anderen Umständen hätte ich dich für einen Spitzel gehalten."

Die Gruppe drehte sich erschrocken zu Margaret um, die sich nun nicht mehr wohl zu fühlen schien.

"Na, das ist ja großartig! Jetzt muss ich das dem Hauptquartier melden", sagte sie rief aus.

Kapitel 8: Die I.G.A.

Margarets Gelassenheit zerbröckelte unter den durchdringenden Blicken ihrer Begleiter. Sie wusste, dass Osiris ihr Geheimnis gelüftet hatte und dass ihr keine andere Wahl blieb, als über ihren Beruf zu sprechen. Als sie die verwirrten Blicke der Anwesenden betrachtete, holte sie tief Luft und begann zu sprechen.

Margaret sprach in ruhigem, aber festem Ton, denn ihre Nerven waren eindeutig zu stark. "Lassen Sie mich das klarstellen, wir sind keine einfachen Informanten. Wir sind Agenten einer höheren Autorität, deren Aufgabe es ist, die Götter in Schach zu halten und dafür zu sorgen, dass ihre Konflikte nicht auf die Ebene der Sterblichen übergreifen. Wie Sie wissen, neigen die Götter dazu, sich in die Angelegenheiten der anderen einzumischen und Konflikte auszutragen, die für die Sterblichen schlimme Folgen haben können."

"Warum erfahre ich das erst jetzt, Margaret?" verlangte Herman; seine Stimme war voller Zorn, während er sie anstarrte, als sei ihr ein zweiter Kopf gewachsen.

"Ich bin zur Verschwiegenheit verpflichtet, das bringt der Beruf des Agenten mit sich", antwortete Margaret, in deren Stimme ein Hauch von Frustration mitschwang. "Nach dem Vorfall auf den Bahamas wurde ich angesprochen und mir wurde eine Möglichkeit angeboten, die finanzielle Sicherheit bot, was angesichts der Ungewissheit Ihres Karrierewegs und des unglücklichen Ausgangs Ihrer ersten Expedition notwendig schien."

Herman spürte, wie ihn eine Schamesröte überkam, als er sich an seinen vergangenen Fehler erinnerte. Bei seiner ersten Expedition war er so eifrig und enthusiastisch gewesen, dass er lauthals verkündet hatte, Außerirdische hätten Atlantis in der Nähe der Bahamas unter dem Meer begraben. Er hatte es sich nicht zweimal überlegt und die Behauptung impulsiv aufgestellt. Unglücklicherweise hatte ihn ein Reporter belauscht, und schon bald wurde er zum Gespött der archäologischen Fachwelt. Kurz darauf wurde ihm von der Universität Oxford das Stipendium entzogen, und Herman hatte eine schmerzhafte Lektion über die Bedeutung der Diskretion gelernt. Es war eine knappe Entscheidung, aber glücklicherweise hatte er es geschafft, seine Karriere mit Entschlossenheit und Zähigkeit wieder auf die Beine zu stellen.

Samuels Stimme durchbrach die Spannung zwischen den streitenden Geschwistern. "Hat Ihre Agentur eine Möglichkeit, uns zurückzuholen und uns bei unserer Suche zu helfen?", fragte er eindringlich und blickte Margaret an. "Wie Sie sagten, ist es Ihre Aufgabe, die Götter in Schach zu halten. Anubis hat das empfindliche Gleichgewicht zerstört, und bald wird auch für die anderen Pantheons nichts mehr übrig sein. Wir brauchen deine Hilfe."

"Ja, wir können vielleicht helfen. Lassen Sie mich nur Verstärkung rufen." sagte Margaret und holte etwas hervor, das wie ein früher Telegrafenschlüssel aus der viktorianischen Zeit aussah. "Der Empfang dieses Dings ist schlechter als eine Blechdose und eine Schnur, also haben Sie bitte etwas Geduld, während ich ein SOS an die höheren Stellen sende."

"Nun gut, tut, was ihr tun müsst", antwortete Samuel, wobei sich ein Gefühl der Dringlichkeit in seine Stimme einschlich. Das Schicksal aller Pantheons stand auf dem Spiel, und die Zeit wurde knapp. Die Gruppe beobachtete in ängstlichem Schweigen, wie Margaret mit konzentrierter Stirn eine Nachricht auf der Telegrafentaste eintippte. Jedes metallische Klicken hallte laut im Raum wider und trug zu der bereits angespannten Atmosphäre bei. Nach einer gefühlten Ewigkeit setzte sie die Taste schließlich ab und blickte mit besorgter Miene zu der Gruppe auf. "Ich habe die Nachricht abgeschickt, aber wir müssen auf eine Antwort warten", sagte sie, kaum mehr als ein Flüstern in der Stimme.

Plötzlich ertönte ein leises Knallen hinter Margaret, und die Gruppe drehte sich um und sah einen Mann und eine Frau in eleganten schwarzen Anzügen. Sie waren aus dem Nichts aufgetaucht und trugen Segeltuchtaschen wie

Margarets. Mit geübter Leichtigkeit begutachteten sie die Situation und näherten sich Margaret. Der Mann streckte die Hand aus und ergriff sie in einem raschen Wortwechsel.

"Sagen Sie, Madame, blühen die Rosen im Frühling rot?", fragte der Mann mit tiefer, sanfter Stimme.

Margarets Herz setzte einen Schlag aus. Es handelte sich um einen Codesatz, den nur Agenten der höheren Behörde kannten. Sie antwortete vorsichtig: "Sicherlich nicht, sie blühen ganz sicher weiß".

Der Mann atmete erleichtert auf, als Margaret den Test bestand, um sicherzugehen, dass sie nicht imitiert wurde. Dann wandte er sich ihr zu und begann zu sprechen. "Meine Güte, was für ein Ort, an dem man sich befindet. Nun sagen Sie mir, Margaret, was zum Teufel geht hier vor? Der letzte Bericht, den wir von Ihnen erhalten haben, war, dass Ihr Bruder auf verrückte Ideen gekommen ist und dass Sie Ihr Bestes getan haben, um ihn davon abzubringen."

Herman krächzte entrüstet hinter ihnen und wollte protestieren, doch Margaret warf ihm einen vernichtenden Blick zu und brachte ihn schnell zum Schweigen.

Margaret drückte ihre Dankbarkeit aus: "Neville, danke, dass du so schnell gekommen bist. Ich hatte schon Angst, dass meine telegrafische Nachricht von hier unten nicht ankommen würde."

Dann fuhr sie fort, die Situation zu erklären: "Wir hatten eine Konfrontation mit Anubis, und leider waren die Aufzeichnungen, die wir über Sneferus Tempel hatten, völlig unzureichend. Ich war davon ausgegangen, dass wir es mit einem Bösewicht der Klasse 1 zu tun hatten, aber es stellte sich heraus, dass es sich um eine Gottheit der Klasse 5 handelte.

"Das klingt nach Ärger. Mit Anubis sollte man sich nicht anlegen, nicht einmal an einem guten Tag. Er ist einer der alten, abgehalfterten Typen, mehr ein Heuchler als alles andere. Osiris hat ihn vor Tausenden von Jahren rausgeschmissen, aber er ist immer noch ein Gott", fügte die Agentin mit einem Hauch von Sorge in der Stimme hinzu.

Margaret nickte ernsthaft. "Außerdem hat Anubis von Olivers Bruder Jake Besitz ergriffen, und er steht nun unter seiner Kontrolle. Ich muss meine

Familie zum Chef bringen, und er wird entscheiden müssen, wie wir weiter vorgehen. Dies ist nicht mehr nur eine persönliche Angelegenheit, sondern hat Auswirkungen auf die ganze Welt. Alle Agenten müssen in höchste Alarmbereitschaft versetzt und auf das Schlimmste vorbereitet werden."

Nevilles Gesichtsausdruck wurde besorgt, als er Osiris im Bett liegen sah, der kränklich und schwach aussah. "Ist das der, für den ich ihn halte?", fragte er mit sorgenvoller Stimme.

Samuel trat vor und stellte sich zwischen Neville und Osiris, seine Augen glühten vor Entschlossenheit. "Ja, das ist Osiris", sagte er entschlossen. "Sein Kampf mit Anubis zehrt an ihm, und wenn wir nicht bald handeln, wird er sich in nichts auflösen."

Neville nickte, seine Besorgnis wurde immer größer. "Was können wir tun, um zu helfen?", fragte er, bereit, alles zu tun, um die schwächelnde Gottheit zu retten.

"Bringen Sie uns zum Hauptquartier. Von dort aus kümmere ich mich um die Sache", erklärte Margaret entschlossen.

Neville nickte Margaret zu, bevor er ein Nicken mit der Agentin austauschte und zwei Astrolabien aus ihren Taschen holte. Sie legten die Geräte auf den Boden und stellten sie in einem spitzen Winkel zueinander auf. Oliver, der von den seltsamen Instrumenten fasziniert war, trat heran und betrachtete sie genau. Er bemerkte, dass sie an den Seiten mit nordischen Runen graviert waren und Glaslinsen mit ähnlichen Gravuren hatten.

"Geh weg, Kleiner, wenn du nicht eine oder zwei Augenbrauen verlieren willst", mahnte Neville.

Die Agenten zogen sich in eine sichere Entfernung zurück, und aus den Astrolabien ertönte ein leises Summen. Die Schatten wurden tiefer und länger und dehnten sich entlang der Sichtlinien der Astrolabien. Oliver beobachtete erstaunt, wie die in die Seiten der Astrolabien eingravierten nordischen Runen zu leuchten schienen und ein unheimliches Licht auf die Gesichter der Agenten warfen. Plötzlich erschien dort, wo sich ihre Sichtlinien kreuzten, eine feurige Linie, die sich schnell zu einem pulsierenden schwarzen Portal ausdehnte. Das Portal flackerte und bewegte sich in der Luft und forderte die Gruppe auf, hindurchzutreten.

"Willkommen im Unbekannten!" rief Neville aus und deutete mit einer dramatischen Geste auf das Portal. "Sollen wir?", fügte er hinzu und machte eine galante Verbeugung, bevor er der Gruppe den Vortritt ließ.

Während Margaret den Weg anführte, reichte Oliver seinem Onkel Herman und Samuel fest die Hand. In dem Moment, als sie das Portal betraten, verdrehten sich ihre Körper und schmolzen dahin. Die tunnelförmige Umgebung des Portals war von hypnotisierenden blauen und grünen Lichtern erfüllt, die um sie herum pulsierten und flackerten, so dass sie das Gefühl hatten, als würden sie aus allen Nähten platzen. Die Zeit schien sich ewig zu dehnen, während sie durch das Portal reisten, ohne ein Gefühl für oben oder unten, links oder rechts zu haben. Schließlich tauchte vor ihnen ein leuchtend weißer Kreis auf, und sie wurden mit einer Kraft hindurchgeschoben, die ihre Herzen zum Rasen brachte.

Die Gruppe wurde durch das Portal geschleudert und stürzte auf den polierten Marmorboden eines geschäftigen, großen Raums. Die Luft war erfüllt vom Klacken antiker Schreibmaschinen und dem Geschnatter von Männern und Frauen, die hinter massiven Holztischen in ihre Arbeit vertieft waren. Die Agenten folgten ihnen durch das Portal und holten schnell ihre Astrolabien heraus, indem sie ihre Hände ausstreckten, wodurch das Portal abrupt zusammenbrach und sich schloss, während die Astrolabien wie von Geisterhand in ihre Hände flogen.

Margaret stand als Erste auf, schnell gefolgt vom Rest der Gruppe. "Danke, Neville. Ich übernehme dann mal. Ich weiß die Hilfe zu schätzen."

Mit einem Schmunzeln im Gesicht antwortete Neville: "Keine Ursache, meine Liebe. Ich lebe für den Nervenkitzel, die perfekte Ms. Margaret zu retten."

"Das war eine anmutige Landung, nicht wahr?" sagte Margaret und gab ihnen ein Zeichen, ihr zu folgen.

Die Gruppe folgte Margaret und ihre Augen weiteten sich, als sie sich durch den Raum bewegten. Menschen und Kreaturen aller Art wuselten umher, einige waren gefesselt, andere liefen frei umher. Olivers Blick wurde von einem Mann angezogen, der geflügelte Schuhe trug - Hermes, der griechische Gott der Boten und Diebe. Bevor Oliver den Blick abwenden konnte, fing

Hermes seinen Blick auf und zwinkerte ihm schelmisch zu, woraufhin Oliver errötete und schnell die Augen abwandte.

Olivers Augen weiteten sich vor Aufregung, als er sich an seine Tante wandte. "Tante Margaret, als du sagtest, du würdest die Götter davon abhalten, sich gegenseitig zu beeinflussen, meinst du damit alle Götter?", fragte er, der seine Neugierde nicht länger unterdrücken konnte.

Margaret lächelte ihren neugierigen Neffen nachsichtig an und begann zu erklären. "Ja, ich meinte alle Götter. Wie du jetzt entdeckt hast, sind die ägyptischen Götter real. Fast alle Götter aus den Mythen existieren, aber sie haben unterschiedliche Macht. Ra zum Beispiel galt einst als König der ägyptischen Götter, und obwohl er immer noch sehr mächtig ist, verblasst er heute im Vergleich zum christlichen Gott. Trotzdem würde ich nicht dazu raten, sich mit ihm anzulegen. Götter sind launische Geschöpfe und können unberechenbar sein. Man kann sich nicht darauf verlassen, dass sie in deinem besten Interesse handeln. "

Margaret klopfte an die Tür eines Büros, das sich neben dem Hauptraum befand, und wartete. Eine schroffe Stimme forderte sie mit schwerem französischem Akzent auf, einzutreten, und sie öffnete schnell die Tür, führte die Gruppe hinein und schloss sie hinter ihnen. Margaret ging vor die Gruppe und salutierte vor der Gestalt, die hinter einem Schreibtisch saß und von ihnen abgewandt war. "Sir, Agent Margaret meldet sich zur Stelle. Es ist etwas vorgefallen, und ich benötige Hilfe", sagte sie klar und deutlich.

Als sich der Stuhl drehte, erblickte die Gruppe einen zierlichen Mann, der auf dem Sitz hockte. Er besaß einen für seinen kleinen Körper unverhältnismäßig großen Kopf mit einem kurzen, dicken Hals, scharfen blaugrauen Augen und einer gebogenen Nase. Sein schwarzes Die Haare waren kurz geschnitten.

"Sie!", rief der Mann wütend und starrte Samuel an. "Deinetwegen sind die Osmanen gekommen und haben mich aus Kairo vertrieben", fuhr der Mann fort, der sich von seinem Stuhl erhob und wütend auf seinen Schreibtisch schlug.

Margaret verzog das Gesicht, als sie Samuel ansah und den Ernst der Lage erkannte. Der Mann, der vor ihnen stand, war kein anderer als Napoleon

Bonaparte, der ehemalige Kaiser von Frankreich. Anstatt die Ewigkeit auf Elba zu verbringen, hatte Bonaparte einen Pakt mit den Göttern geschlossen und leitete nun die I.G.A. als ihr Kommandant. Samuels Herz raste, als er sich an die Befehle erinnerte, die er im Namen von Osiris ausgeführt hatte. Er hatte Napoleons Militärstrategie in Ägypten manipuliert, um Chaos zu stiften und Osiris' Pläne zu fördern.

"Es tut mir leid, Sir, ich habe nur Osiris' Anweisungen befolgt und das Grab beschützt." stammelte Samuel und verbeugte sich tief, um sich zu entschuldigen. Margaret warf ihm einen warnenden Blick zu.

Napoleon starrte Samuel an; seine Augen waren voller Wut. "Ich kann nicht glauben, dass Sie die Dreistigkeit besaßen, meine militärische Strategie zu manipulieren, was zu meiner Niederlage und Verbannung aus Ägypten führte. Und wofür? Für Eure kleinlichen Götter und deren Machenschaften?"

Margaret trat vor und versuchte, die Situation zu entschärfen. "Sir, wir sind in einer dringenden Angelegenheit hier. Wir brauchen Ihre Hilfe in einer Angelegenheit, die nicht nur unsere Welt bedroht, sondern alle Welten. Würden Sie uns anhören?", fragte sie in einem respektvollen Ton.

Napoleon beäugte sie misstrauisch, bevor er knapp nickte. "Dann sprich, aber mach es schnell", sagte er und lehnte sich mit einem finsteren Blick in seinem Stuhl zurück.

Margaret erzählte geschickt alle Ereignisse, die sich zugetragen hatten, und Samuel und die anderen mischten sich ein, wenn es nötig war, um die Geschichte zu vervollständigen oder wichtige Details zu liefern, die sonst gefehlt hätten. Bonaparte unterbrach von Zeit zu Zeit, stellte verschiedene Fragen und kritzelte Notizen mit einem Federkiel auf ein Stück Pergament auf seinem Schreibtisch. Margaret schloss ihre Erzählung ab und wartete gespannt auf das Urteil ihres Vorgesetzten.

"Sehr gut, Agent Margaret. Ich bin enttäuscht, dass Sie diese Verbindung vorhin übersehen haben, aber bessere Agenten haben in der Vergangenheit schon schlimmere Fehler gemacht als Sie. Ich vertraue darauf, dass Sie in Zukunft umsichtiger sein werden, nicht wahr?" sagte Bonaparte nachdenklich.

"Unsere derzeitige Situation ist nicht günstig. Keiner der älteren Götter wird uns in dieser Angelegenheit unterstützen. Sie sind alle zu egozentrisch und unzuverlässig, um uns zu helfen. Solange Anubis nicht direkt einen von ihnen bedroht, werden sie nicht eingreifen. Deshalb müssen wir dieses Problem selbst in die Hand nehmen. Ihr Team muss sich in die Forschungs- und Entwicklungsabteilung begeben, wo man Sie auf die Mission vorbereiten und mit der nötigen Ausrüstung ausstatten wird", erklärte Bonaparte entschlossen.

An Oliver, Herman und Samuel gewandt, erklärte Bonaparte: "Ich ernenne Sie drei mit sofortiger Wirkung zu Junioragenten. Sie werden direkt an Agent Margaret berichten und diese Abteilung ehrenhaft vertreten, oder Sie werden es bereuen, einen Fuß hierher gesetzt zu haben. Sobald diese Mission abgeschlossen ist, werden Ihre Leistungen bewertet, und wenn Sie Mängel feststellen, werden Sie alle Erinnerungen an uns und unsere Arbeit verlieren. Ist das klar?"

Alle drei nickten schnell zustimmend, ihre Gesichter zeigten eine Mischung aus Angst und Respekt vor der imposanten Gestalt vor ihnen.

"Gut, Sie können jetzt gehen. Verschwinden Sie aus meinem Büro", sagte Bonaparte, winkte abweisend mit der Hand und ließ sich in seinen Stuhl zurückfallen.

***

Margaret atmete erleichtert aus, als sie aus dem Büro traten. "Das lief reibungsloser, als ich dachte. Sieht aus, als hätte Bonaparte heute gute Laune", sagte sie mit einem Hauch von Belustigung.

Oliver drückte seine Verzweiflung aus: "Das war er an einem guten Tag?"

Margaret gluckste: "Ja, das war ein guter Tag. Das letzte Mal, als er schlechte Laune hatte, war das ganze Büro in Aufruhr. Er hätte beinahe einen kleinen römischen Gott mit der Guillotine hinrichten lassen. Natürlich hätte das nicht viel gebracht, denn Götter manifestieren sich immer wieder, solange sie Verehrer haben."

Margaret führte die Gruppe zu einem Art-Deco-Aufzug aus den 1920er Jahren, der direkt in den Marmorboden hinabzufahren schien. Als sie eintraten, klapperten die Türen mit einem metallischen Geräusch zu, und ein Glockenschlag signalisierte den langsamen Abstieg in die Tiefen der I.G.A.-Zentrale. Das Zifferblatt zeigte 99 Stockwerke an, und Margaret wies sie an, im 97. Stockwerk auszusteigen, das mit 'R&D/IT' bezeichnet war. Der schwach beleuchtete Korridor, in den sie eintraten, hatte flackernde Lichter, und sie erreichten eine leere weiße Tür, die teilweise geöffnet war. Jemand hatte einen Zettel an der Tür hinterlassen, auf dem in Schablonenschrift geschrieben stand: "Gebt alle Hoffnung auf, ihr, die ihr eintretet" - ein Scherz.

Als die Gruppe die Tür beiseite schob, sahen sie zwei Männer, die mit dem Kopf nach unten auf ihren Schreibtischen lagen und fest schliefen. Es war offensichtlich, dass die Forschungs- und Entwicklungsabteilung kein belebter oder beliebter Bereich war, den man besuchen konnte.

"Jungs, wacht auf, Bonaparte kommt den Flur entlang", rief Margaret. Beide Männer sprangen in Panik auf.

Als sie merkten, dass nur Margaret und ihre Gruppe anwesend waren, schauten die beiden Männer verärgert über ihre Unterbrechung.

"Warum musstest du uns wecken, Maggie? Ich habe endlich die dringend benötigte Ruhe gefunden", beschwerte sich einer der Männer.

"Ted, wenn du mich noch einmal Maggie nennst, werde ich dafür sorgen, dass Bonaparte sich um dich kümmert", erwiderte Margaret mit fester Stimme.

Das Gesicht des Mannes verblasste, und er nickte schnell zustimmend.

"Bonaparte hat uns hierher geschickt, damit wir ausgerüstet werden. Sie sollten das Memo bereits erhalten haben." sagte Margaret und schaute auf die Poströhre neben der Tür, in der sich ein ungeöffneter Zylinder mit einem Stück Pergament befand.

Der andere Mann ergriff den Zylinder und öffnete ihn, um das Pergament darin zu enthüllen. Er las es zügig und hielt bei einigen der aufgelisteten Gegenstände inne. "Wow, ihr habt eine echte Herausforderung vor euch, nicht wahr? Hier steht, dass ihr Gegenstände braucht, die stark genug sind, um es mit einer Gottheit der Klasse 5 aufzunehmen; das sind keine durchschnittlichen bösartigen Wesen, wie ihr wisst."

"Wir sind uns dessen bewusst, Frank, und jetzt beeilen Sie sich. Wir haben keine Zeit zu verlieren", antwortete Margaret trocken.

"Verstanden", antwortete Frank und eilte davon, um die notwendige Ausrüstung zu holen.

In der Zwischenzeit hatte Ted begonnen, einen kleinen Arbeitsplatz mit einer Vielzahl von Werkzeugen und Geräten einzurichten. "Womit kann ich Ihnen helfen?", fragte er und deutete auf die verschiedenen Geräte.

"Wir brauchen Waffen und Verteidigungsanlagen, die in der Lage sind, eine Gottheit der Klasse 5 zu besiegen", erklärte Margaret entschlossen.

Der Mann nickte zustimmend. "Ich werde mein Bestes tun, aber es wird nicht einfach sein. Gottheiten der Klasse 5 sind unglaublich mächtig und erfordern eine spezielle Ausrüstung, um sie überhaupt besiegen zu können."

"Wir verstehen", antwortete Margaret. "Geben Sie uns einfach, was Sie können, so schnell wie möglich."

Damit machte sich der Mann an die Arbeit und baute wütend eine Vielzahl von Waffen und Werkzeugen zusammen. Der Rest der Gruppe sah aufmerksam zu, denn sie wussten, dass sie den Kampf ihres Lebens vor sich hatten.

Frank kam mit einer Reihe von Rüstungsteilen und ging durch die Gruppe, passte jedes Teil sorgfältig an und gravierte Runen der Stärke und Macht ein. Er nickte zufrieden über die Rüstungen, die er den Gruppenmitgliedern angelegt hatte, und ging dann zu dem Tisch, an dem Ted eine Reihe von Waffen zusammenstellte. Er untersuchte die Waffen einen Moment lang, bevor er sich entschied, welche er den einzelnen Gruppenmitgliedernüberre ichen wollte.

Frank präsentierte eine lange, schimmernde Klinge aus einem Metall, das im Licht zu schimmern schien. "Das ist die Klinge des Zeus", erklärte er. "Sie ist mit seinen Blitzen durchdrungen und kann Blitze aussenden, wenn sie gebraucht oder gerufen wird." Er hielt Samuel die Klinge hin, der sie ehrfürchtig entgegennahm.

Dann nahm Frank eine Armbrust mit einem geschmiedeten Stahlgriff in die Hand, in den entlang der Länge des Stahls Runen eingraviert waren.

Der Bogenmechanismus war aus einem Material gefertigt, das alles Licht zu absorbieren schien.

Er reichte Margaret die Armbrust und erklärte ihr, dass sie mit der Kraft von Durga, der indischen Göttin des Krieges und der Zerstörung, ausgestattet sei. Der Bogenmechanismus war aus Stahl gefertigt und hatte entlang seiner Länge eingravierte Runen. Als Margaret die Armbrust in der Hand hielt, spürte sie sofort eine Welle der Macht und einen unwiderstehlichen Drang zu kämpfen und zu zerstören.

Er lehnte sich noch einmal zurück und ergriff einen gewaltigen Speer mit einer glänzenden Stahlspitze und dem Abzeichen einer Eule auf dem Schaft. Als er ihn Herman überreichte, sagte Frank: "Dies ist der Speer der Athene, der Göttin der defensiven Kriegsführung. Er wird dir strategisches Geschick und Weisheit auf dem Schlachtfeld verleihen. Möge er dir beim Schutz derer, die du liebst, gute Dienste leisten."

Mit einem Gefühl der Feierlichkeit holte er drei Gegenstände vom Tisch, von denen jeder eine ätherische Energie ausstrahlte. Er kniete vor Oliver nieder und sprach mit einer Stimme, die voller Absicht war.

"Ich habe drei Dinge für dich, die du sicher brauchen wirst", sagte er. "Eines davon ist dieser Armreif, der von Apollo, dem römischen Gott der Medizin und der Sonne, hergestellt wurde. Es heilt kleinere Wunden und kann außerdem Sonnenstrahlen herbeirufen."

Olivers Augen weiteten sich vor Erstaunen, als Frank fortfuhr.

"Zweitens rüste ich dich mit dem Dolch des Hermes aus, des griechischen Götterboten und Gottes der Diebe. Er gleitet zwischen den Rüstungen hindurch, als ob er nicht da wäre, und kann den Kräften jeder anderen Gottheit widerstehen."

Der Ernst der Lage lag schwer in der Luft, als Frank nach dem letzten Gegenstand griff.

"Schließlich gebe ich Ihnen noch die Steinschleuder, mit der David Goliath tötete. Er war kein Gott, aber er hat mit dieser Waffe einen Feind besiegt, der viel mächtiger war als er selbst. Ich glaube, sie wird dir am besten dienen."

Nachdem er zu Ende gesprochen hatte, herrschte Schweigen in der Gruppe. Jeder von ihnen wusste, dass diese Gegenstände einen Unterschied machen würden - hoffentlich einen Unterschied, der groß genug war, um die Schlacht zu gewinnen. Sie konnten nur hoffen, dass sie eine weitere Chance auf den Sieg und eine Chance, Jake zu retten, bekommen würden.

***

Die Gruppe bewegte sich im Gleichschritt zurück zum Aufzug und drückte aus ihre Dankbarkeit gegenüber Frank und Ted auf dem Weg. Sie betraten den Aufzug und warteten darauf, dass er in das Atrium hinauffuhr, wo sie zuerst angekommen waren. Als sie ihr Ziel erreicht hatten, ging Margaret zu einer nahe gelegenen Wand und drehte an einer Wählscheibe, bevor sie die Koordinaten auf einem darunter liegenden Tastenfeld eingab. Die Gruppe lehnte sich zurück und beobachtete, wie sich vor ihnen erneut ein Portal materialisierte und das Dröhnen seiner Kraft die Luft erfüllte.

Margaret wandte sich der Gruppe zu und fragte: "Sind wir bereit dafür?"

Olivers Stimme zitterte, als er das Wort ergriff: "Wir sind vielleicht noch nicht so weit, aber wir müssen es tun. Wir müssen Anubis aufhalten und Jake retten."

Hermans Blick wurde weicher, als er Oliver ansah: "Wir werden ihn zurückbringen, Oliver. Wir sind eine Familie, und eine Familie hält immer zusammen, egal was passiert."

Samuel zog sein Schwert und legte es ihm auf die Schulter: "Du hast mein Schwert und meine Loyalität, Oliver. Lass es uns tun und Jake nach Hause bringen."

Margarets Gesichtsausdruck war entschlossen, als sie Oliver zunickte: "Wir machen das zusammen. Lass uns gehen und diesem Gott zeigen, warum man sich nicht mit der Familie Jones anlegt."

Gemeinsam traten sie durch das Portal und verschwanden im Unbekannten.

123

Kapitel 9: Die letzte Schlacht

Mit einem ohrenbetäubenden Knall schleuderte das Portal die Gruppe auf den sengenden Wüstensand hinaus, nur einen Steinwurf von der hoch aufragenden Pyramide entfernt. Das Portal schloss sich hinter ihnen mit einer Endgültigkeit, die in ihren Ohren widerhallte, und ließ sie in der unbarmherzigen Einöde allein gegen Anubis' böse Mächte zurück.

Die Gruppe nahm sich einen Moment Zeit, um zu Atem zu kommen und die Hinterlassenschaften um sich herum zu begutachten. Die Pyramide lag in Trümmern, ihre Spitze war weggesprengt, und Trümmer und Sandsteinblöcke lagen wahllos in der Wüste verstreut. In der Ferne konnten sie die Stadt Kairo brennen sehen, deren Flammen hoch in den Nachthimmel schlugen. Der beißende Geruch von Rauch lag in der Luft, und der Wind trug Schreie und Rufe heran, was die Dringlichkeit der Mission noch verstärkte.

"Gütiger Himmel, sieh dir an, was Anubis mit der Explosion seines Stabes in der Stadt angerichtet hat", sagte Herman schockiert, als er die Stadt brennen sah.

Samuel nickte grimmig: "Ja, die Götter haben große Macht und der Schaden, den sie in der Welt anrichten können, ist unermesslich. Dies ist nur ein Vorgeschmack auf seine Macht, und wenn wir ihn nicht aufhalten, wird er sie auf den Rest der Welt loslassen."

Die Gruppe stürmte auf den Eingang der Pyramide zu, wurde aber von der Priester, die zuvor Sneferus Körper wiedererweckt hatten. Die Situation eskalierte schnell, als die Priester auf sie zustürmten und die Gruppe zwangen, sich zu trennen. Samuel und Herman gingen mutig an die Front, wobei Samuel seine glänzende Klinge und Herman seinen tödlichen Speer schwang.

In der Zwischenzeit hielten sich Margaret und Oliver zurück, feuerten Pfeile ab und schleuderten Steine auf die entgegenkommenden Angreifer. Der Kampf war heftig, aber inmitten des Chaos durchdrang Olivers aufgeregter Schrei die Luft, als er einen der Priester mit einem Stein direkt traf und ihn kurzzeitig betäubte. Herman nutzte die Gelegenheit und stürmte vorwärts, spießte den Priester mit seinem Speer auf und machte so den Weg frei für die Gruppe, die weitergehen wollte.

Als der Kampf weiterging, trat Samuel schnell in Aktion und schwang seine schimmernde Klinge in einem tödlichen Tanz, der mehrere Priester mit jedem Schlag zu Fall brachte. In der Zwischenzeit stellte Margaret ihre Treffsicherheit unter Beweis, indem sie Pfeil um Pfeil abfeuerte und jeden Priester, der es schaffte, an Herman und Samuel vorbeizukommen, zu Fall brachte. Die Luft war erfüllt vom Klirren der Waffen und den Schreien der Kämpfer, während sich die Gruppe ihrem Ziel näherte.

Die Gruppe drängte vorwärts, entschlossen, Anubis aufzuhalten und Jake zu retten. Sie schalteten schnell die Priester aus, die den Eingang der Pyramide bewachten, wobei Samuel und Herman den Angriff anführten. Margaret gab ihnen mit ihren Pfeilen Deckung, während Oliver mit seiner Schleuder mehrere Priester ausschaltete. Als diese erledigt waren, machte sich die Gruppe schnell und lautlos auf den Weg ins Innere der Pyramide. Ihr Weg wurde jedoch bald von einer Gruppe von sechs schakalköpfigen Kriegern im Tunnel unterbrochen.

Samuel und Herman stürzten sich auf sie und schalteten vier von ihnen in Sekundenschnelle aus. Margaret gelang es, einen weiteren mit ihren Pfeilen auszuschalten, aber der letzte Krieger steuerte direkt auf sie und Oliver zu Um keine Zeit zu verlieren, zog Oliver seinen Dolch und stieß ihn in den Magen des Kriegers, so dass dieser lange genug abgelenkt war, um Herman einen tödlichen Schlag mit seinem Speer zu versetzen.

Als der letzte Schakal Wenn die Krieger mit ihren Köpfen zu Boden fielen, lösten sich ihre Körper auf und schienen mit dem Boden zu verschmelzen, als würden sie in die Unterwelt zurückgezogen. Im Gegensatz zu den Priestern, denen sie zuvor gegenübergestanden hatten, gab es keine Anzeichen für die Existenz der Krieger.

Da die Gruppe nun in Sicherheit war, richtete sich ihre Aufmerksamkeit auf Oliver, der einen Schock zu haben schien. Er stand zitternd da und betrachtete den schwarzen Schleim, der seine Klinge bedeckte.

Oliver stand auf, seine Hand zitterte, als er seinen Dolch hielt. "Ich habe gerade… ich habe gerade jemanden erstochen", sagte er, seine Stimme war kaum ein Flüstern. Er sah Margaret mit einer Mischung aus Angst und Unglauben in seinen Augen an.

Margaret kniete sofort vor ihm nieder und legte ihm tröstend die Hand auf die Schulter. "Du hast getan, was du tun musstest, Oliver", sagte sie mit beruhigender und mütterlicher Stimme. "Du hast deine Familie beschützt. Wenn du ihn nicht erstochen hättest, hätte er dich erstochen. Selbstverteidigung rechtfertigt die Tat, und sie macht dich nicht zu einem Monster."

Oliver nickte langsam und versuchte immer noch zu verarbeiten, was geschehen war. Er blickte auf seine Hände hinunter, die mit dem dunklen Speichel des schakalköpfigen Kriegers, den er getötet hatte, befleckt waren. Entschlossenheit erfüllte seinen Blick, als er die Rechtfertigung seiner Tante akzeptierte, und er hob den Blick, um Samuel und seinen Onkel Herman zu sehen, die mit entschlossenem Gesichtsausdruck zustimmend nickten.

"Wir sind fast da, nur noch ein Stückchen weiter", sagte Samuel entschlossen und richtete seinen Blick auf den Weg vor uns.

Die Gruppe trat vorsichtig auf den Sims, der die Kammer überragte, und ihr Atem blieb ihnen im Hals stecken, als sie den Anblick vor sich sahen.

Anubis saß auf einem prächtigen goldenen Thron. Die Augen geschlossen, hielt er seinen Stab fest in den Händen, dessen pulsierendes rotes Licht den Raum erhellte. Der in den Stab eingelassene Edelstein blitzte auf, und die Umrisse eines finsteren, dunklen Wesens zeichneten sich dort ab, wo der Stab den Boden berührte. Das Flüstern eines alten Ägypters

Die Sprache hallte durch die Kammer, und die schattenhaften Kreaturen wanden sich mit einer jenseitigen Macht, als weitere schakalköpfige Krieger aus der Dunkelheit auftauchten und Anubis bewachten. Beim Anblick von

Jake, der neben Anubis kniete, dessen Gesicht ausdruckslos war und dessen besessene Augen völlig schwarz waren, gefror ihnen das Blut. Es war klar, dass der letzte Kampf qualvoller sein würde, als sie es sich je vorgestellt hatten.

Hermans Gesicht erblasste, als er den altägyptischen Gesang übersetzte, der durch die Kammer hallte. "Herr, sei uns gnädig, er ruft seine Armee zusammen. Bald wird die Welt von untoten Schakalkriegern überflutet sein. Unsere Armeen werden keine Chance gegen ein so großes Übel haben, das wiederholt beschworen werden kann, ohne dass es Folgen hat."

Samuels Blick schweifte über die Gruppe. "Herman und Margaret", sagte er mit fester Stimme, "ihr beide müsst zusammenarbeiten, um die Schakalkrieger zu bekämpfen und sie von Oliver fernzuhalten. Ich kümmere mich um Anubis." Er umklammerte seine Klinge fester und holte tief Luft. "Bleibt wachsam und seid auf alles gefasst."

Oliver drehte sich zu Samuel um, seine Augen waren voller Sorge. "Was ist mit Jake?", fragte er.

"Da kommst du ins Spiel. Sobald der Weg frei ist, musst du dich Jake nähern und Anubis' Macht über ihn brechen. Es wird nicht leicht sein, aber du musst Anubis' Griff so lange unterbrechen, bis Jake ihm ins Herz gestochen hat. Das ist der einzige Weg, wie wir das beenden können. erwiderte Samuel.

"Du musst vorsichtig sein", fügte Margaret hinzu. "Anubis wird es dir nicht leicht machen. Er wird alles tun, was in seiner Macht steht, um dich daran zu hindern, Jake näher zu kommen."

"Ich werde mein Bestes tun, um Anubis abzulenken, und hoffentlich verschafft mir die Macht des Zeus einen Vorteil", erklärte Samuel, dessen Augen vor Aufregung funkelten, während er den Griff des Schwertes fester umklammerte.

Die Gruppe stand mit angehaltenem Atem da, als Samuel vom Felsvorsprung heruntersprang und seine Stimme Anubis herausforderte. Der dunkle Herrscher erhob sich von seinem Thron, und seine Augen glühten vor Wut, als er knurrte und antwortete. Die Luft um sie herum knisterte von der Energie des bevorstehenden Kampfes, und der Raum schien mit überirdischer Kraft zu pulsieren. Die Gruppe spannte sich an, bereit für das, was auch immer geschehen mochte.

Anubis stürzte sich auf ihn und schwang seinen Stab mit tödlicher Präzision. Samuel begegnete ihm frontal, ihre Bewegungen waren zu schnell, als dass das Auge sie wahrnehmen konnte, und sie prallten aufeinander und parierten in einer Flut von Schlägen. Margaret und Herman verschwendeten keine Sekunde und starteten ihre eigenen Angriffe auf die vorrückenden Schakalkrieger. Mit raschen und koordinierten Bewegungen schlugen sie die Horde zurück und erledigten einen Feind nach dem anderen. Währenddessen hockte Oliver auf dem Felsvorsprung und hatte Jake im Visier. Er zielte mit seiner Steinschleuder und schaltete jeden Feind aus, der seiner Familie zu nahe kam. Er wartete geduldig ab, bis er seine Chance sah, Anubis' Macht über Jake zu brechen und die Sache ein für alle Mal zu beenden.

Margaret und Herman blieben stehen, ihre Augen auf die herannahenden Krieger gerichtet. Herman stand mit den Füßen fest auf dem Boden und hielt seinen Speer fest im Griff. Als die Krieger auf ihn zustürmten, wich er ihren Angriffen geschickt aus und wirbelte seinen Speer in einem tödlichen Tanz herum, der sie in Schach hielt. Das Wissen der Athene durchströmte ihn, schärfte seine Reflexe und verlieh ihm eine übernatürliche Anmut im Kampf.

Währenddessen stand Margaret hinter ihrem Bruder, den Bogen im Anschlag. Als sich die erste Welle von Kriegern näherte, zog sie die Bogensehne zurück, und die Macht der Durga durchströmte ihren Körper.

Mit einem wütenden Schrei ließ sie eine Salve von Pfeilen los, von denen jeder eine tödliche Flammenspur hinterließ. Die Pfeile trafen ihr Ziel und streckten die Krieger mit untrüglicher Genauigkeit nieder. Die Geschwister behaupteten sich gegen einen endlosen Ansturm von Feinden. Sie kämpften, und die Macht der Götter lenkte jeden ihrer Schritte.

Margaret drehte sich zu Herman um und schoss einen Pfeil auf einen von Anubis Kriegern. "Herman, du sollst wissen, dass ich dir die ganze Schuld für diese Situation gebe. Wenn du nicht die dumme Idee gehabt hättest, Sneferu zu finden, dann wäre das alles nicht passiert und ich wäre zu Hause und würde mir das Essen schmecken lassen. Stattdessen bin ich hier und kämpfe gegen Horden von Untoten und die Krieger eines alten Gottes!"

Herman stach durch einen anderen der Krieger und antwortete gleichzeitig. "Margaret, ich glaube nicht, dass dies der richtige Zeitpunkt und Ort ist, um deine Beschwerden gegen mich zu äußern. Wie wäre es, wenn wir die alten Krieger und Priester töten und DANN darüber streiten, wer die Schuld trägt?"

***

Oliver, der immer noch vom Sims aus mit seiner Steinschleuder kämpfte, sah seine Chance und kletterte hinunter, wobei er sich heimlich am Rande der Kammer umsah. Er ließ sich Zeit, war vorsichtig und versuchte, keine Aufmerksamkeit auf sich zu lenken, während die schakalköpfigen Krieger weiter aus der Unterwelt auftauchten und auf seine Tante und seinen Onkel zuströmten. Anubis und Samuel waren immer noch in einen Kampf verwickelt, die Schreie von aufeinanderprallendem Metall schallten durch die Kammer. Ein schakalköpfiger Krieger tauchte aus der Dunkelheit auf, als er Oliver bemerkte, und stürzte sich brüllend auf ihn. In seiner Verzweiflung streckte Oliver seinen Arm aus, an dem er Apollos Armband trug, und ein Strahl konzentrierten Sonnenlichts schoss hervor und ließ die Kammer für einen Moment blendend hell erscheinen. Das Licht verblasste und Oliver blickte auf die Stelle, an der der Krieger gestanden hatte. Er sah, dass nur ein leichter Brandfleck auf dem Boden zurückblieb.

Oliver setzte seine Annäherung vorsichtig fort, erreichte die Plattform und bewegte sich langsam auf Jake zu. Jake blieb still, seine Augen waren leer und nicht ansprechbar. Oliver rief ihm zu, seine Stimme zitterte vor Sorge: "Jake, kannst du mich hören? Bist du da drin?"

Als er Jakes Schulter berührte, wurde der ehemals leere Blick durch eine feurige Wut ersetzt. Im Nu sprang Jake in Aktion und stürzte sich mit voller Wucht auf Oliver. Oliver hatte kaum Zeit zu reagieren, bevor er Jakes wütenden Schlägen ausweichen konnte. Der Klang von Jakes zusammenhanglosen Schreien hallte durch den Raum.

Oliver rief verzweifelt: "Jake, halt! Ich bin's, Oliver! Du willst das nicht tun. Du bist im Moment nicht du selbst." Mit klopfendem Herzen wich Oliver vor Jakes wilden Schwüngen zurück und suchte nach einer Möglichkeit, Anubis' Griff um seinen Bruder zu brechen.

Olivers Flehen brachte Jakes Angriff kurzzeitig zum Stillstand, ein Schimmer des Erkennens flackerte in seinen Augen auf. Aber das war nur von kurzer Dauer, denn Anubis' Griff um ihn wurde fester und er stürzte sich erneut auf Oliver. Oliver wurde zu Boden geschleudert, und Jake ritt auf ihm herum, wobei sich seine Finger in einem tödlichen Griff um Olivers Hals schlossen. Der Druck auf seine Luftröhre ließ Oliver nach Luft schnappen, seine Sicht begann zu verschwimmen, während er verzweifelt gegen den Griff seines Bruders ankämpfte.

Verzweifelt kämpfte Oliver um sein Leben und griff instinktiv nach seinem Gürtel, um den Griff des Dolches zu ergreifen. Ohne zu zögern, stieß er ihn in Jakes Seite, in der Hoffnung, Anubis' Griff um ihn zu brechen und den Kampf zu beenden, bevor es zu spät war. Jake schrie auf, fiel schlaff von Oliver herunter, und Oliver schnappte verzweifelt nach Luft.

Oliver kroch zu Jake hinüber und überprüfte hektisch den Puls seines Bruders, wobei er einen schwachen Schlag unter seinen Fingerspitzen spürte. Vorsichtig entfernte er den Dolch aus Jakes Seite und zuckte zusammen beim Anblick des Blutes, das aus ihm floss. Der Dolch schien Anubis' Besitz von Jake gebrochen zu haben, genau wie die Männer von R&D es ihm geraten hatten.

Als Jake seine Augen öffnete, kam er langsam wieder zu sich und sah Oliver, der sich über ihn beugte. Tränen strömten über sein Gesicht, während er verzweifelt versuchte, die Blutung zu stillen.

Schwach sprach Jake, seine Stimme war heiser. "Hast du mich wirklich gerade erstochen?"

Olivers Stimme knackte vor Rührung, als er sprach. "Ja, das tut mir leid. Ich konnte Anubis' Macht über dich nicht brechen, und du wolltest mich töten, wenn ich nicht etwas tue."

"Ich weiß, warum du es getan hast; es gefällt mir nur nicht. Ich habe nicht damit gerechnet, von meinem eigenen Bruder niedergestochen zu werden.

Hör zu, es tut mir leid, was passiert ist. Anubis hat mir vorgegaukelt, dass er Mom und Dad zurückbringen und uns wieder zu einer Familie machen würde. Ich wollte es so sehr glauben, dass ich mich von ihm täuschen ließ. Ich erkannte meinen Fehler, sobald ich zugestimmt hatte, aber ich konnte ihn nicht aufhalten. Ich sah zu, wie er mich dazu brachte, dich anzugreifen und unsere Familie zu verraten. Es tut mir leid." Jakes Augen waren voller Emotionen, als er sprach.

"Ist schon gut, Jake, ich verstehe das." erwiderte Oliver weinend.

"Hör zu, wir müssen Anubis aufhalten, bevor er die Pyramide verlässt. Samuel hat gegen ihn gekämpft, aber ich bin nicht sicher, wie lange er ihn noch aufhalten kann. Wir müssen ihn endgültig aufhalten, indem wir ihm den Dolch durch das Herz stechen; Osiris hat gesagt, dass nur einer seiner Diener Anubis aufhalten kann. Kannst du es tun, wenn ich dir aufhelfe?" fragte Oliver mit eindringlicher Stimme.

"Sicher", stimmte Jake zu und knirschte entschlossen mit den Zähnen. Oliver stützte Jake, als er in Richtung der Stelle humpelte, an der Anubis gegen Samuel kämpfte, wobei das Geräusch des Kampfes mit jedem Schritt lauter wurde. "Weißt du, das wäre viel einfacher, wenn du mir nicht gerade in den Rücken gestochen hättest", rief er dramatisch erwiderte Oliver und rollte mit den Augen. "Ja, ich weiß, du bist immer noch verbittert wegen der Messerstecherei. Wir haben einen Bösewicht zu töten; kannst du das endlich hinter dir lassen?"

"Na klar, ich humple einfach hierher und steche den Bösewicht für dich ab. Übrigens, wo ist meine glänzende Waffe? Alle anderen haben eine, aber ich sehe keine für mich. Hast du sie im Auto vergessen oder so?" Jake stichelte und beäugte die Waffen, die sie alle schwenkten, und Olivers glänzendes Armband an seinem Handgelenk.

"Ach ja, wir hatten ein schönes spitzes Schwert für dich, das uns F&E geschenkt hat. Tut uns leid, wir müssen es am Busbahnhof vergessen haben. Na ja, ich bin sicher, jemand Nettes wird es mit der Post zurückschicken; es war mit einer Nachricht eingraviert 'wenn gefunden, bitte zurückschicken an' mit unserer Adresse darauf." scherzte Oliver zurück und schüttelte den Kopf über seinen offensichtlich im Delirium befindlichen Bruder, der seinen

Schmerz mit Humor zu überspielen versuchte.

Anubis' Macht schien mit jedem Augenblick, den er sich dem Kampf näherte, stärker zu werden. Samuel begann schon zu schwächeln, als er die Blitze des Zeus von der Schwertspitze auf Anubis schickte. Anubis' Stab absorbierte die Blitze, wenn auch nicht mühelos, denn die Anspannung war auf Anubis' Gesicht zu sehen. Oliver und Jake tauschten einen Blick aus, dann stürmten sie auf Anubis zu, den Dolch hoch erhoben in Jakes Hand.

Anubis winkte mit der Hand und schickte Samuel unerwartet in die Luft, wo er gegen die Wand prallte. Anubis drehte sich zu ihnen um, mit einem spöttischen Lächeln im Gesicht. "Ah, die Brüder. Wie rührend. Aber ihr seid zu spät dran. Meine Macht ist bereits zu groß, als dass ihr mich aufhalten könntet."

Mit grimmiger Entschlossenheit stürmten Oliver und Jake vorwärts, ihre Augen auf Anubis gerichtet. Der dunkle Gott hob seinen Stab und bereitete sich darauf vor, sie niederzuschlagen. Oliver hob seinen Arm, und Apollos Armband gab einen hellen Sonnenstrahl ab, der Anubis vor Schmerz aufschreien ließ und ihn zurücktaumeln ließ, da er seine Augen versengte. Jakes schnelle Reflexe erlaubten es ihm, dem Schlag, den Anubis blindlings auf sie losließ, geschickt auszuweichen. Er ignorierte den brennenden Schmerz in seiner Seite, wo Olivers Klinge ihn aufgeschlitzt hatte.

Mit all seiner Kraft stieß er den Dolch tief in Anubis' Herz. Ein Heulen der Wut und des Schmerzes entrang sich den Lippen des Gottes, als sein Körper zu Boden sackte. Langsam löste sich seine Gestalt in einem dunklen Nebel auf, und Energieströme strömten von der Stelle aus, wo er gewesen war. Die Energie wirbelte in der Kammer herum, Schreie und ein unheimliches Schakalgeheul, das in der Pyramide widerhallte, bevor es wieder in die Erde stürzte. Die beiden Brüder standen da, keuchend und erschöpft, aber erleichtert, dass der dunkle Gott besiegt worden war.

Jake drehte sich um und sah Oliver an. "Siehst du, das war doch nicht schwer, oder? "Als der Adrenalinschub nachließ, sackte Jake auf den Boden, da er die Schmerzen seiner Wunde nicht länger ignorieren konnte. Oliver eilte zu ihm hinüber, schnell gefolgt von den anderen.

"Was ist passiert?" rief Margaret entsetzt aus und bemerkte das Blut, das aus Jakes Seite floss.

Rasch erklärte Oliver alles, was geschehen war. Er übte Druck auf Jakes Wunde aus und versuchte, die Blutung zu stillen.

Jakes Atemzüge kamen in flachen Atemzügen, als er spürte, wie er sich selbst entglitt. Mit einer letzten Anstrengung drehte er seinen Kopf und sah Oliver an, seine Stimme war schwach, als er sprach. "Ich glaube, das war's, kleiner Bruder. Kümmere dich für mich um Tante Margaret und Onkel Herman, ja? Sei auch kein Idiot und gib dir die Schuld daran; das war hundertprozentig meine Schuld. Wir sehen uns im Jenseits", sagte er mit kaum hörbaren Worten. Olivers Herz sank, als ihm klar wurde, dass er seinen Bruder verlieren könnte.

Jake hörte auf zu atmen, und seine Augen rollten leblos auf. Oliver stieß einen herzzerreißenden Schrei aus, als er sah, wie sein Bruder seinen letzten Atemzug tat. Er fiel neben Jake auf die Knie, Tränen liefen ihm über das Gesicht, während er die Hand seines Bruders festhielt. Als Olivers Tränen auf Jakes Gesicht fielen, fiel sein Blick auf das Glitzern von Apollos Armband. Plötzlich erinnerte er sich an die Worte der Männer in F&E. Ohne zu zögern, griff Oliver nach dem Armband und legte es Jake um das Handgelenk. Seine Hände zitterten, als er im Stillen zu irgendeiner Gottheit um Hilfe betete.

***

Jake erwachte und fand sich in einem kunstvollen ägyptischen Palast wieder, der mit Hieroglyphen und wunderschönen Gemälden geschmückt war. Als Jake durch den Palast schlenderte, konnte er sich seiner Ehrfurcht vor seiner Pracht nicht erwehren. Jede Wand war mit verschlungenen Hieroglyphen und wunderschönen Gemälden geschmückt, die Szenen aus dem Leben der alten Ägypter darstellten. Seine Verwunderung schlug schnell in Belustigung um, als er über einen bizarren Anblick stolperte. Osiris lümmelte auf einem luxuriösen Sofa, einen Videospiel-Controller in der Hand, während er frustriert auf den riesigen Fernsehbildschirm gegenüber schrie. Jake traute seinen Augen nicht, als er sah, wie Monster auf dem Bildschirm explodierten, während Osiris fluchte, wenn seine Figur verletzt wurde, und bei jedem Sieg jubelte.

Jake stand verwirrt da und beobachtete den abnormalen Anblick, der sich ihm bot. Er konnte sich ein Lachen nicht verkneifen, als Osiris den Controller frustriert wegwarf, nachdem seine Figur im Spiel gestorben war. Plötzlich drehte sich Osiris zu Jake um und bestätigte seine Anwesenheit im Raum.

"Sieh an, sieh an, sieh an, wenn das nicht Jake selbst ist. Hast du eine Ahnung, wie lange ich schon sehnsüchtig auf deine Ankunft warte?" fragte Osiris und lehnte sich faul auf dem Sofa zurück, während er sich an Jake wandte.

"Das nehme ich an, denn ich spreche ja gerade mit dem Gott des Jenseits", antwortete Jake, und in seiner Stimme schwang ein Hauch von Belustigung mit.

"Soll ich hier mein Leben nach dem Tod in Ägypten verbringen?" erkundigte sich Jake.

"Technisch gesehen, nein. Das ist meine Wohnung, und ich teile nicht gern. Du könntest aber einen Platz in der Unterwelt haben. Ich bin sicher, deine Eltern würden sich freuen, dich wiederzusehen, aber ich glaube nicht, dass wir das in diesem Fall tun werden", antwortete Osiris mit einem leichten Grinsen.

"Dein Bruder hat dir das Armband von Apollo angelegt, als du im Sterben lagst, und deshalb bist du hier. Es ist jetzt wie ein bindendes Schiedsgericht, weil Apollo dir helfen will wieder ins Leben zurückkehren, aber eigentlich gehört deine Seele mir", erklärte Osiris.

"In deinem Fall bin ich jedoch bereit, eine Ausnahme zu machen. Du hast mir das Leben gerettet, indem du Anubis besiegt hast, und ich stehe nicht gerne bei jemandem in der Schuld, auch nicht bei einem Sterblichen. Also werde ich die Schuld begleichen, indem ich dir erlaube, zu deiner lebenden Familie auf der Erde zurückzukehren", antwortete Osiris, wobei sein Tonfall ein Gefühl der Verpflichtung gegenüber Jake erkennen ließ.

Osiris fuhr mit einem verschmitzten Lächeln fort, als ob er ein Geheimnis besäße, das er nicht zu teilen bereit war. "Aber bevor ich dich zurückschicke, gibt es zwei Leute, die darauf gewartet haben, dich zu sehen", sagte er und wies auf eine nahe gelegene Tür, die sich auf seine Geste hin öffnete.

Jakes Augen weiteten sich, als er seine Mutter und seinen Vater den Raum betreten sah, und sein Herz schwoll vor Rührung an. Freudentränen liefen ihm über das Gesicht, als er auf sie zulief und sie fest umarmte.

Jakes Vater gluckste, als sein Sohn ihn festhielt und nicht loslassen wollte. "Das hast du toll gemacht, mein Sohn", sagte er. Jakes Mutter strahlte vor Stolz, als sie sein Haar streichelte und hinzufügte: "Wir sind so stolz auf dich."

Jakes Vater fuhr fort: "Bevor Sie zurückgehen, wollten wir Ihnen noch ein paar Nachrichten für Oliver und meine Geschwister mitgeben. Oliver soll wissen, dass wir sehr stolz auf ihn sind. Er hat sich so gut gemacht, und wir könnten nicht zufriedener mit ihm sein."

"Sagen Sie ihm, dass wir verstehen, warum er den Dolch benutzen musste; er ist immer noch aufgewühlt, nachdem er ihn benutzt hat, um sich zu verteidigen", mischte sich seine Mutter ein, die ihren jüngsten Sohn kannte und wusste, wie sehr er sich über Dinge aufregen konnte Die Stimme von Jakes Vater wurde emotional, als er fortfuhr: "Und für meinen Bruder und meine Schwester, bitte sagen Sie ihnen, wie sehr ich sie liebe und vermisse. Sagt ihnen danke, dass sie euch ein Zuhause gegeben haben, als wir es nicht konnten."

Die Familie umarmte sich erneut, bevor sie sich Osiris zuwandte, der eine Schachtel Taschentücher in der Hand hatte und sich die Tränen aus den Augen wischte: "Ich hätte nicht erwartet, dass mich eine Zusammenkunft von Sterblichen so berührt! Wer hätte gedacht, dass der Gott des Jenseits so ein sentimentaler Trottel sein würde? Wenn ich es mir recht überlege, ist es wahrscheinlich jemand, der hier drin eine Zwiebel schneidet, und deshalb weine ich!"

"Also, Jake, bringen wir dich zurück auf die sterbliche Ebene. Denk auch daran, Samuel zu sagen, dass unsere Abmachung erfüllt ist; er kann wieder sein langweiliges menschliches Leben führen. Ihr macht euch auf den Weg zurück… und zwar…JETZT!" rief Osiris und schnippte theatralisch mit den Fingern. Jakes Sicht begann zu verschwimmen, und er spürte, wie er das

Bewusstsein verlor, als er aus dem Jenseits verschwand.

"Igitt, Sterbliche, die sich immer in mein Reich einmischen. Wenigstens ist das erledigt und Samuel wird mich nicht mehr belästigen!" grummelte Osiris, wandte sich selbstsüchtig wieder seinem Videospiel zu und ignorierte Jakes Eltern, die sich leise aus dem Palast in ihre Heimat in der Unterwelt zurückzogen.

***

Als Jake wieder zu sich kam, fand er sich in der Pyramide wieder und Oliver lag weinend über ihm.

Jake sprach leise: "Oliver, könntest du dich bitte ein wenig bewegen? Du erdrückst mich; es sei denn, du willst wirklich, dass ich wieder verblute?"

"Jake, du bist wieder da! Das Armband hat funktioniert!", rief Oliver aus und umarmte seinen Bruder ungläubig.

"Irgendwie schon. Es hat gereicht, um Osiris davon abzuhalten, mich einfach ins Jenseits zu schicken; Apollo wollte mich zurück und wir haben uns auf ein Schiedsverfahren eingelassen, was auch immer das ist. Jedenfalls haben wir uns geeinigt, und er schickte mich zurück, weil ich ihm das Leben gerettet und Anubis besiegt hatte. Also ein fairer Handel, würde ich sagen." erwiderte Jake und lachte bei der Erinnerung an den absurden ägyptischen Gott, der Videospiele spielte, vor sich hin.

"Er hat mir auch erlaubt, Mom und Dad zu sehen", sagte Jake, dessen Stimme vor Rührung klang. "Sie sagten mir, ich solle dir sagen, dass sie stolz auf uns beide sind, und Mom möchte, dass du aufhörst, dir Sorgen zu machen, den Dolch zu benutzen, um dich und deine Familie zu schützen." Jake holte tief Luft und versuchte, sich zu beruhigen, während er sprach. "Es war so schön, sie zu sehen, Oliver. Ich wünschte, du hättest auch dabei sein können."

Er wandte sich an Margaret und Herman: "Papa hat sich auch dafür bedankt, dass Sie uns aufgenommen haben, und dass er Sie beide liebt. Es tut ihm leid, dass er nicht in Kontakt mit euch beiden geblieben ist."

Die Worte von Jake trafen Herman und Margaret tief, und ihnen standen die Tränen in den Augen, als sie die Nachricht hörten. "Dein Vater war immer ein guter Mensch, und wir sind froh, dass du ihn sehen konntest", sagte Margaret, deren Stimme vor Rührung erstickte. Herman nickte zustimmend, zu bewegt, um zu sprechen. Die drei saßen einen Moment lang schweigend da, jeder in seinen eigenen Gedanken und Gefühlen versunken.

Jake wandte sich an Samuel und überbrachte die Nachricht mit einem Grinsen im Gesicht: "Osiris hat gesagt, dass du jetzt wieder in dein langweiliges Menschenleben zurückkehren kannst."

Samuel lachte leise, als er Osiris' einzigartige Art, Dinge zu formulieren, erkannte.

"Ich weiß nicht, wohin ich gehen werde, jetzt, wo ich frei bin." antwortete Samuel.

Oliver rief aus und sah Samuel aufgeregt an: "Du gehörst jetzt zur Familie, also kommst du mit uns nach Hause!" Margaret und Herman kicherten über Olivers Begeisterung und nickten zustimmend.

Samuels Augen weiteten sich bei diesem Angebot vor Überraschung. "Wirklich? Würden Sie mich aufnehmen?", fragte er, und seine Stimme war voller Emotionen.

"Natürlich!" rief Margaret aus und lächelte Samuel herzlich an. "Wir kümmern uns um unsere eigenen Leute."

Herman nickte zustimmend. "Außerdem könnten wir mit den beiden Jungs sowieso eine zusätzliche Hand im Haus gebrauchen", fügte er lachend hinzu.

Samuels Herz schwoll vor Dankbarkeit an. Er hatte nie das Gefühl gehabt, wirklich irgendwo hinzugehören, aber jetzt hatte er eine Familie gefunden, die ihn so akzeptierte, wie er war. "Danke", flüsterte er und fühlte sich so zugehörig wie nie zuvor.

Kapitel 10: Ende

Für einen Außenstehenden schien in Kairo nach der Niederlage von Anubis alles normal zu sein. Die I.G.A. war in die Pyramide hinabgestiegen und hatte mit Hilfe von Hunderten von Agenten jeden Hinweis auf das, was dort geschehen war, ausgelöscht. Sneferus Körper wurde wiederhergestellt und in den Sarkophag gelegt, und die Überreste der Priester verschwanden, als ob sie nie existiert hätten. In den Nachrichten wurden Erklärungen für die Pyramidenexplosion verbreitet, die besagten, dass ein unentdecktes Gasloch die Explosion verursacht hatte. Das Gas hatte sich in der Kammer angesammelt und die Explosion wurde durch einen Funken von einem der verwendeten Werkzeuge ausgelöst. Die Stadt war dabei, die beschädigten Bereiche wieder aufzubauen, aber die Wahrheit über den Vorfall blieb nur der Familie und der I.G.A. bekannt.

Hermans Entdeckung des verschollenen Pharaos hatte ihn wieder zu internationalem Ruhm verholfen. Die Nachricht von dem bemerkenswerten Fund der Familie hatte sich weltweit verbreitet, und seitdem gab es unzählige Interviewanfragen. Trotz seiner Bescheidenheit begrüßte Herman die Aufmerksamkeit, und seine Karriere blühte nun mehr denn je. Experten und andere Archäologen wandten sich häufig an ihn, um ihn bei ihren eigenen Recherchen zu unterstützen. Obwohl er in der Regel ablehnte, hörte er immer aufmerksam zu und gab Ratschläge oder Feedback, wenn er konnte.

Auch innerhalb der archäologischen Gemeinschaft gab es eine gewisse Abneigung gegen die anerkannten Archäologen, die das Gebiet untersucht und erforscht hatten.

Jahrelang kritisierten sie Hermans Ausgrabungstechniken und seine Entdeckung heftig. Mehrere seiner langjährigen professionellen Gegner und Verleumder, darunter sein Erzfeind Professor Ernhowser von der Universität Oxford, waren in Talkshows aufgetreten und hatten versucht, seine Entdeckung herunterzuspielen. Diese Versuche waren nicht erfolgreich, denn die ägyptische Regierung war von der Entdeckung des Grabes von Sneferu begeistert. Die ägyptische Regierung war über die Entdeckung von Sneferus Grab begeistert und bereitete Herman und seiner Familie einen Heldenempfang, nachdem sie sich von den ersten Schäden der Explosion erholt hatten. Es war hilfreich, dass die meisten Artefakte aus Sneferus Grab unversehrt geblieben waren. In einem der angrenzenden Vorräume waren außerdem unzählige alte Schriftrollen entdeckt worden, die den Standort anderer bedeutender Artefakte bestätigten.

Jake und Oliver waren plötzlich auch zu Berühmtheiten geworden und erhielten Einladungen zu Talkshows und Interviews. Die internationalen Medien waren fasziniert von den Jungen, die nun als die jüngsten Archäologen der Welt gefeiert wurden. Obwohl sie von der Aufmerksamkeit überwältigt waren, hielten ihre Tante Margaret und ihr Onkel Herman sie auf dem Boden und erinnerten sie daran, bescheiden zu bleiben. Trotz ihres neu erlangten Ruhms blieben die Jungen wie immer bescheiden und taten ihr Bestes, um übermäßige Aufmerksamkeit zu vermeiden.

Margaret und Samuel hatten den Medienrummel zumeist gemieden und es vorgezogen, sich bei Pressekonferenzen und anderen Ankündigungen im Hintergrund zu halten. Margaret hatte nie die Aufmerksamkeit gesucht, da dies nicht mit ihrer Arbeit als I.G.A.-Agentin vereinbar war, und Samuel war von Natur aus abgeneigt, im Rampenlicht zu stehen. Beide waren erleichtert, dass ihre Tortur vorbei war, und Samuel hatte sich ihnen auf dem Rückflug nach London an Bord ihres Privatjets Celine angeschlossen. Er hatte dafür gesorgt, dass seine wenigen Besitztümer ihm nach London folgten. Langsam aber sicher hatte sich die Familie wieder in ihre Routine eingelebt, und Samuel fügte sich gut in die Familie ein.

***

Kurz nach ihrer Rückkehr nach London war ein ungewöhnlicher Gast bei ihnen zu Hause eingetroffen. Anita hörte ein lautes und hartnäckiges Klopfen an der Tür. Sie fand Kommandant Bonaparte vor, der ungeduldig mit dem Fuß wippte, während er darauf wartete, dass jemand antwortete.

"Guten Tag, Madame, ich muss mit Ihren Arbeitgebern sprechen." erklärte Bonaparte selbstgefällig und fächelte sich dramatisch mit einer Mappe zu. Anita stand da und staunte über das Bild des längst verstorbenen Napoleon Bonaparte, der nicht nur lebendig, sondern auch ungeduldig vor ihrer Tür stand. Sie fasste sich und entschuldigte sich dann, um die Familie von seiner Ankunft zu unterrichten.

"Herman, äh, Napoleon Bonaparte ist hier, um dich zu sehen", stammelte Anita und sah Herman fragend an, dessen Augen sich weiteten.

"Natürlich, lassen Sie ihn rein, Anita", antwortete er kurz, nervös über die Absichten von Bona- parte.

Als er Hermans Zustimmung hörte, stürmte Bonaparte ins Wohnzimmer und alle verstummten. Die Familienmitglieder tauschten nervöse Blicke aus und fragten sich, was der ungestüme Kommandant wohl zu sagen haben würde.

Margaret sprang von ihrem Stuhl am anderen Ende des Raumes auf, ihre Augen weiteten sich vor Überraschung, als sie die imposante Gestalt des Kommandanten Bonaparte eilig begrüßte. "Willkommen in unserer bescheidenen Bleibe, Sir", sagte sie und bemühte sich, trotz des Nervenknotens, der sich in ihrem Magen gebildet hatte, gelassen zu klingen.

Bonaparte hob eine beschwichtigende Hand und bedeutete Agent Margaret, sich zu entspannen und Platz zu nehmen. "Rühren Sie sich, Agent", sagte er mit leiser Stimme, sein Tonfall war von Autorität geprägt.

Margaret spürte einen Anflug von Erleichterung in sich aufsteigen, als sie sich in ihren Stuhl zurücklehnte und dankbar für die Gelegenheit war, wieder zu Atem zu kommen. Bonaparte hatte die Angewohnheit, selbst den selbstbewusstesten Agenten das Gefühl zu geben, dass sie ständig auf Eierschalen liefen.

"Ich bin hier, um eine Leistungsbeurteilung nach Ihrem letzten Einsatz durchzuführen", erklärte er. Er setzte sich an den Kamin, direkt gegenüber von den anderen Anwesenden. Bonapartes Blick schweifte nacheinander über jeden von ihnen, seine stechenden Augen bewerteten ihre Reaktionen. Die Luft wurde dick vor Erwartung, als sie darauf warteten, dass er fortfuhr. Die Spannung im Raum war spürbar, und es war klar, dass der Ausgang dieser Prüfung für jeden von ihnen schwerwiegende Folgen haben würde.

"Agent Margaret, ich muss Sie zu Ihrer hervorragenden Leistung beglückwünschen, angesichts der schwierigen Umstände, mit denen Sie konfrontiert waren", verkündete Commander Bonaparte und sein Blick wurde weicher, als er sie anerkennend ansah. Margaret errötete bei diesem Lob, denn sie wusste, dass es selten war, von Bonaparte gelobt zu werden, und sie wusste, dass sie seine Erwartungen dieses Mal wirklich übertroffen hatte.

"Junior Agent Jake, ich glaube, Sie haben die Situation bemerkenswert gut gemeistert, trotz des unglücklichen Vorfalls mit Anubis und Ihrem Besitz. Auch im Angesicht des sicheren Todes waren Sie mutig, was für jemanden in Ihrem Alter bemerkenswert ist", erkannte Commander Bonaparte an, wobei sein Blick zu Jake wanderte. "Sie haben meine Erwartungen erfüllt, und deshalb wird Ihr Dienst bei der IGA unter dem wachsamen Auge von Agent Margaret fortgesetzt. Ist das klar?", fragte er und musterte Jake mit einem scharfen Blick. Jakes Augen weiteten sich vor Aufregung, als er eifrig mit dem Kopf nickte, überglücklich über die Aussicht, weiterhin für die IGA zu arbeiten.

Bonaparte richtete seinen Blick auf Oliver, sein Ausdruck war von großer Neugierde geprägt. "Junior Agent Oliver, ich muss sagen, dass ich von Ihrer Leistung bei dieser Mission sehr beeindruckt bin. Sie haben sich einem Gott entgegengestellt, schwierige Opfer gebracht und im Angesicht des Unglücks unerschütterlichen Mut bewiesen. Sie haben meine Erwartungen wahrlich übertroffen", lobte Bonaparte in einem von Bewunderung geprägten Ton. "Als solcher werden Sie Ihre Karriere als Junior-Agent unter der Leitung von Agentin Margaret fortsetzen. Ich bin gespannt, was die Zukunft innerhalb der IGA für Sie bereithält", fügte er hinzu, und seine Augen funkelten vor Aufregung angesichts der Aussicht auf Olivers Zukunft.

"Junior Agent Samuel, nach einigem Zögern habe ich beschlossen, Sie im aktiven Dienst zu belassen", erklärte Bonaparte, wobei sein Tonfall verriet, dass er nicht ganz überzeugt war. "Obwohl wir eine komplizierte Vergangenheit haben, muss ich zugeben, dass Sie sich unter Druck bewundernswert verhalten und wertvolle Beiträge zum Erfolg dieser Mission geleistet haben", fuhr er fort, wobei sich seine Augen verengten, während er sprach. "Wenn Sie jedoch Ihre Arbeit als IGA-Agent fortsetzen sollen, erwarte ich von Ihnen volle Offenlegung, sollten Sie irgendeine Nachricht von Osiris oder einem anderen Gott erhalten. Ich werde keine geteilte Loyalität dulden. Ist das klar?", verlangte er und wartete mit stechendem Blick auf Samuels Antwort.

"Auf jeden Fall", antwortete Samuel mit einem gequälten Blick.

"Junior Agent Herman, um ganz offen zu sein, ich weiß nicht so recht, was ich mit Ihnen machen soll", begann Bonaparte, und sein Ton verriet ein Gefühl der Unsicherheit. "Ihre Vergangenheit mit den Außerirdischen von Atlantis hat Sie zu einer Art Joker gemacht, und ich muss zugeben, dass ich Zweifel an Ihrer Zuverlässigkeit als Teammitglied habe", fuhr er fort, während er Herman fest in die Augen blickte. "Ich muss aber auch anerkennen, dass Sie diese Mission gut gemeistert haben, und sie war ein voller Erfolg. Meine Frage an Sie lautet also: Kann man sich darauf verlassen, dass Sie ein zuverlässiges Teammitglied sind, oder verliert sich Ihr Kopf in Ihren Fantasien?", fragte er mit strenger Miene, während er Hermans Antwort abwartete.

Herman schien einen Moment lang in Gedanken versunken zu sein, seine Stirn war gerunzelt, als er über seine Antwort nachdachte. Er räusperte sich und sprach langsam und bedächtig. "Wenn es um meine Familie geht, werde ich alles tun, was nötig ist, um sie zu unterstützen oder zu schützen", sagte er entschlossen. "Sie werden immer meine volle Unterstützung haben, ob ich nun zur IGA gehöre oder nicht. Ich weiß aber auch, wie wichtig es ist, im Team zu arbeiten und Befehle zu befolgen, und ich kann Ihnen versichern, dass ich mein Bestes tun werde, um in Zukunft ein zuverlässiges und effektives Teammitglied zu sein", fügte er hinzu und begegnete Bonapartes strengem Blick mit unverwandtem Blick.

Bonaparte nickte zustimmend und erklärte: "Sie haben meine vorläufige Zustimmung, weiterhin als Junior-Agent zu arbeiten. Ich gehe davon aus, dass Sie weiterhin Ihr hohes Maß an Leistung und Urteilsvermögen in der Zukunft. Sollten Sie irgendwelche Mängel in Ihrem Urteilsvermögen aufweisen, wird Ihre Position neu bewertet.

Nachdem er dies gesagt hatte, erhob sich Bonaparte von seinem Platz und verabschiedete sich. Mit einem Tastendruck auf einer alten Universalfernbe dienung für Videorekorder beschwor er ein Portal herauf und verschwand schnell.

Nach Bonapartes Weggang freute sich die Familie über ihre fortgesetzte Teilnahme an der I.G.A. Jake und Oliver waren begeistert, weiterhin dabei zu sein, während Margaret ein Gefühl der Erleichterung empfand, dass sie diesen Teil ihres Lebens nicht länger vor ihrer Familie verbergen musste. Trotz der ständigen Verpflichtungen, die ihre Rollen mit sich brachten, war die Familie froh, eine weitere Gemeinsamkeit zu haben.

∗ ∗ ∗

Eine Woche nach ihrer Rückkehr nach Cambridge hatten Herman und Margaret Jake und Oliver mitgeteilt, dass das Haus ihrer Familie in Los Angeles verkauft worden war. Sie würden nach Los Angeles zurückkehren, um den Rest ihres Besitzes zusammenzupacken, der im Frachtraum ihres Flugzeugs Celine nach England gebracht werden sollte. Die Rückkehr in das Haus ihrer Kindheit, in dem sie mit ihren Eltern gelebt hatten, fühlte sich seltsam an und war für beide Jungen eine melancholische Erfahrung.

Als Jake die letzte Kiste mit seinen Habseligkeiten packte, schaute er sich traurig in seinem Kinderzimmer um. Die Regale, die einst mit Stapeln von Actionfiguren, Postern und anderen Erinnerungsstücken an glückliche momente mit seiner Familie geschmückt waren, waren nun leer. Der Raum fühlte sich kühl und trostlos an; eine Hülle seines früheren Selbst und der Freude, die er früher gehabt hatte. Im Nebenzimmer konnte er hören, wie sein Bruder Oliver auch die letzten seiner Besitztümer zusammenpackte.

Jake schloss sich seinem Bruder an und half ihm, den Karton zu verschließen, der die Bücher enthielt, die ihre Mutter und ihr Vater Oliver im Laufe der Jahre geschenkt hatten. Als sie fertig waren, nahmen sie sich beide einen Moment Zeit, um den Raum mit einem Gefühl der Traurigkeit zu betrachten. Olivers Zimmer schien jetzt ebenso wie das von Jake leer und ohne den Komfort, den es einst ausstrahlte. Die Abdrücke auf dem Teppich deuteten darauf hin, wo einst sein geliebter Lesesessel gestanden hatte, und die Bücherregale, die einst Hunderte von Büchern beherbergt hatten, sahen jetzt trostlos und staubbedeckt aus.

Jake und Oliver trugen die letzten Kisten die Treppe hinunter und trafen ihre Tante und ihren Onkel in der Küche. Der Raum wirkte karg und wenig einladend, da die warme Handschrift ihrer Mutter verschwunden war. Die Kunstwerke und Bilder, die einst die Wände geschmückt hatten, darunter auch die Bilder der Brüder, die am Kühlschrank hingen, waren nicht mehr vorhanden. Die Markierungen am Türrahmen, die ihre Größe und ihr Wachstum im Laufe der Jahre festgehalten hatten, waren übermalt worden, bereit für die neuen Bewohner, ihre eigenen Erinnerungen zu schaffen. Die Jungen wussten, dass ihre Zeit in diesem Haus zu Ende war und dass sich ihr Leben für immer verändert hatte.

Als Herman ihre düsteren Gesichter sah, übernahm er das Kommando. "Kopf hoch, Jungs. Wie man so schön sagt: Wenn sich eine Tür schließt, öffnet sich eine andere. Dieses Haus mag nicht mehr euer Zuhause sein, aber ihr werdet immer uns und unser Zuhause in England haben."

Margaret fügte hinzu: "Jetzt, wo alles gepackt ist, ist es an der Zeit, weiterzuziehen. Die neuen Besitzer werden jeden Moment hier sein. Habt ihr noch ein paar letzte Worte, bevor wir gehen, Jungs?"

Jake wölbte eine Augenbraue zu Oliver und übermittelte damit stumm seine Anfrage.

Oliver antwortete: "Nein, Tante Margaret, ich denke, wir haben alles gesagt, was wir sagen mussten. Wir werden unsere Eltern immer vermissen, aber wie sie Jake gesagt haben, ist es Zeit für uns, weiterzuziehen und unser Leben zu leben. Lass uns gehen."

Margaret und Herman nickten zustimmend und führten die Jungen aus dem Haus. Sie schlossen die Tür hinter sich und wandten sich dem gemieteten nagelneuen Range Rover zu, der in der Einfahrt stand. Das Fahrzeug machte Herman wütend, denn er verglich den glänzenden Wagen mit seinem zuverlässigen, vertrauenswürdigen Auto zu Hause in Cambridge und fand, dass er in fast jeder Hinsicht mangelhaft war. Der Angestellte der Autovermietung hatte Hermans mehrfache Proteste über "amerikanische Übertreibungen" und darüber, wie "unbritisch" der Range Rover sei, über sich ergehen lassen müssen, während Herman den Papierkram für das Fahrzeug unterzeichnete.

Nachdem sie die letzten Habseligkeiten in den Kofferraum eines Lastwagens geladen hatten, der den Rest ihres Besitzes transportierte, fuhr Herman vom Haus weg, während der Umzugswagen hinterherfuhr. Als sie sich auf ihren Sitzen umdrehten, bemerkten Jake und Oliver, dass ein weiterer Umzugswagen vor ihrem ehemaligen Zuhause ankam. Sie beobachteten, wie eine Familie ausstieg und zwei kleine Kinder aufgeregt auf das Haus zuliefen. Sie schienen begierig darauf zu sein, ihr neues Zuhause zu erkunden und ein neues Kapitel in ihrem Leben zu beginnen.

Jake und Oliver tauschten einen Blick aus und waren sich einig, dass dies ein passender Abschluss für ihre Zeit in diesem Haus war. Wie ihr Onkel gesagt hatte, öffnet sich jedes Mal, wenn sich eine Tür schließt, eine neue. Jake und Oliver richteten ihre Aufmerksamkeit auf den vorderen Teil des Fahrzeugs und wurden auf das laufende Gespräch zwischen Herman und Margaret aufmerksam.

Herman schimpfte: "Ist das zu glauben, dieser Narr Ernhowser? Er behauptet, die verlorene Stadt El Dorado im Dschungel von Kolumbien entdeckt zu haben. Das ist verdächtig! Jeder weiß, dass es nur eine Frage der Zeit ist, bis sie im brasilianischen Amazonas-Regenwald gefunden wird. Ich bin versucht, dorthin zu gehen und ihm das Gegenteil zu beweisen." Margaret hörte höflich zu, während sie eine weitere der üblichen Tiraden ihres Bruders ausblendete.

Oliver meldete sich vom Rücksitz aus zu Wort: "Onkel Herman, wenn du so überzeugt davon bist, dass es in Brasilien ist, warum fahren wir dann nicht hin und beweisen Ernhowser das Gegenteil?"

Herman hielt in seinem Redeschwall inne und war einen Moment lang verblüfft. "Weißt du was, Oliver? Das ist eine brillante Idee. Was haltet ihr Jungs von einem weiteren Abenteuer?"

Jake und Oliver grinsten breit und antworteten unisono: "Wir dachten, du würdest nie fragen!"

Über den Autor

A.C. Rivera lebt in Edmonton, Alberta, Kanada, und hat einen BachelorAb-schluss und einen MBA. Er liest, schreibt, reist gerne, renoviert sein Haus und verbringt Zeit mit seinen vier Katzen und seiner Frau, mit der er seit fast zehn Jahren verheiratet ist.

Als eifriger Leser hat er in seiner Kindheit am liebsten Abenteuer-, Fantasy- und Science-Fiction-Romane gelesen und auf seine Hogwarts-Eule gewartet (sie ist immer noch nicht angekommen!). Einige seiner Lieblingsbuchreihen sind Herr der Ringe, Harry Potter, His Dark Materials, Die Chroniken der Unterwelt, die Bartimäus-Reihe und im Grunde alles, was von Neil Gaiman geschrieben wurde.

Bitte besuchen Sie www.acrivera.click, um sich für meinen Newsletter anzumelden, aktuelle Informationen über meine laufenden Arbeiten zu erhalten und vieles mehr! Sie können auch gerne Ihre Rezensionen auf der Website hinterlassen, auf der Sie mein Buch gekauft haben; wir freuen uns über jedes Feedback.

www.ingramcontent.com/pod-product-compliance
Lightning Source LLC
Chambersburg PA
CBHW022132150726

47992CB00002B/553